走进"八闽旅游景区

涵 江

福建省炎黄文化研究会
福建省作家协会 编
中共莆田市涵江区委宣传部

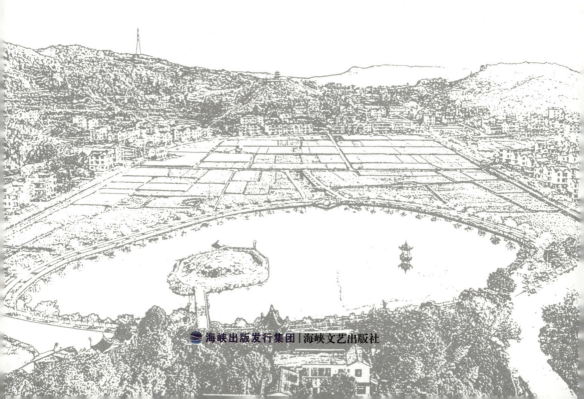

海峡出版发行集团 | 海峡文艺出版社

《走进"八闽旅游景区"——涵江》
编委会

主　　任：阮诗玮　陈荣春

副 主 任：马照南　林思翔　杨少衡　连向红　郑群星

编　　委：（以姓氏笔画为序）

马照南　王晓岳　朱谷忠　许国兴　阮诗玮

连向红　杨少衡　张茜华　张锦才　陈荣春

陈慧瑛　林　滨　林秀美　林思翔　郑群星

唐　颐　黄　燕　黄文山　黄敬林　潘晓明

执行编审：朱谷忠

特约编审：哈　雷

前　言

　　涵江地处莆田市东北部、福建省沿海中部，濒临兴化湾，依山面海，与台湾地区一水之隔，是一座历史悠久、文脉绵长的千年古镇，拥有全省最大的天然淡水湖——白塘湖，是福建省著名的侨乡、商贸重镇、工业强区。区内水系河网密集，木兰溪、萩芦溪穿城而过，呈"拥溪抱湖""环心面湾"的区位特点，有"小上海"及"东方威尼斯"的美誉。

　　涵江于1984年建区，区域面积873.21平方千米（山区579.13平方千米，平原220.42平方千米，海域73.66平方千米），建成区面积55平方千米，辖14个乡镇（街道）、管委会，共199个村居，常住人口48万人，获评全国平安中国建设示范区、全国工业百强区、全国健康促进区、全国义务教育发展基本均衡区、省级卫生城市、省级生态区、省级森林城市、省级文明城区。

　　涵江区有如下几个特点：

　　风光旖旎。涵江山、海、平原兼备，呈"七山一海二平原"格局，有4个省级森林公园和1个国家4A级旅游景区，森林覆盖率68%以上，空气优良率97%；区内河网交织密布，内河水系230千米，河道总长259千米，习近平总书记治水理念的重要孕育地实践地——木兰溪经涵江区汇入兴化湾，全省最大的天然淡水湖——白塘湖点缀其中。

历史厚重。涵江拓于唐，立于宋，兴于明，自古商贾云集，人文鼎盛，是千年古镇，曾是福建四大重镇之一，有"小上海"之美称。历史上，涌现出史学家郑樵、监察御史江春霖、抗金名臣李富等名人和夹漈草堂、囊山寺等遗迹。革命时期，留下外坑乡苏维埃政府旧址、大洋闽中支队司令部旧址、红军207团旧址等红色资源，是"闽中红旗不倒"的精神起源地之一。

重要腹地。涵江地处福建中部沿海，是莆田"东北翼"，濒临兴化湾，东接江阴港，北连福州永泰，位于福厦要冲，交通便捷发达，距福州长乐机场、晋江机场约100千米。陆上交通便捷，拥有"两高"（沈海高速、莆炎高速）、"三铁"（福厦铁路、向莆铁路、在建新建福厦高铁）、"五通道"（国道324、国道228、省道201、省道202、城际快速通道）立体交通网络，区内所有乡镇20分钟均可上高速，是福州大都市圈、闽东北协同发展区的"桥头堡"。

港口独特。涵江拥有天然良港涵江港，港区环兴化湾岸线总长19.6千米，航道全长43.88千米，可满足5万吨级集装船舶全天候双向通航，乘潮

可通航10万吨级的集装船舶，历史上形成了三江口港及江口港作业区。

著名侨乡。涵江的80万在外侨胞和港澳台同胞，分布在67个国家和地区，涌现出新加坡远东机构和香港信和置业创办人黄廷芳、印尼力宝集团主席李文正、印尼泛印集团董事长李文光等侨领精英，有"海内一个涵江，海外一个涵江"美誉，是福建省重点侨乡。

工业立区。涵江作为福建省首批改革开放综合试验区,涵江坚持以工业立区，大力发展外资经济、民营经济，曾经是全球最大的电子计算器生产基地、全国最大的平板液晶显示器生产基地、出口摩托车制动器生产基地和易拉罐盖生产基地，被誉为"电子城""鞋革城""啤酒城"。近年来，涵江重点发展食品加工、鞋革服装、工艺美术三大传统产业和电子信息、装备制造、新能源三大新兴产业，工业产值突破1300亿元，拥有莆田市30%的规模工业产值和25%以上的规模企业数，食品产业、鞋服产业、电子信息产业、高端装备产业、数字经济分别占莆田市的55%、31%、61%、50%、58%，建成全球单体最大的啤酒生产基地、全球日用玻璃行业单一最大生产基地、亚太区最大精酿啤酒工厂、全国最大即食海带生产基地等，获评国家级新能源产业示范区、全国屋顶分布式光伏开发试点区等。

白塘湖全景（黄智三　摄）

创新高地。涵江拥有莆田市唯一的国家级高新技术产业园区，先后获评国家级科技企业孵化器、国家级众创空间、国家级高新技术产业标准化试点、国家新型工业化产业示范基地（电子信息）、省级示范数字经济园区、省级绿色园区等。全社会研究与试验发展经费超过全省、全市平均水平，每万人发明专利拥有量、省级高层次人才总量均居莆田市第一。

旅游胜地。涵江区拥有丰富的文旅资源与显著的特色，概而言之，就是拥有独特的自然生态之美、历史人文之美、现代产业之美。当前，涵江正紧抓福建省、莆田市大力发展文旅经济的新机遇，打造绿色生态、红色文化、蓝色海丝、金色工业研学、紫色历史文化街区的"五色文旅"品牌，从而成为打造城市商贸繁荣的新载体、传统内涵和新时代相融合的新名片、商贸和旅游互动的新亮点。

2023年3月，正是春和景明、百花绽放的美好季节，走进涵江旅游景区的福建作家，在清新宜人的水乡、山区和滨海开展调研、采访活动。几天时间里，作家们在对这片古老土地上呈现出的盎然生机和巨大发展成就表达由衷惊叹的同时，也寻找着属于自己的文学心声。作家们深深感到，涵江独特的区位优势和优美生态以及深厚的文化底蕴、鲜明的时代特色和卓越的建设成就，都为广大作家进行文学创作提供了取之不尽用之不竭的文学资源。涵江秀美的山川、自然的本色、城乡的巨变、淳朴的民风以及深厚久远的文化底蕴，给作家们的身心带来了新鲜的体悟和至深的热爱，他们表示：作为文学工作者，一定要立足中国大地，把握时代脉搏，从时代之变、中国之进、人民之呼中提炼主题、萃取题材，用心领悟，用情书写；从时代的细微处发现丰富、厚实的素材，从而创造出真正属于时代和人民所欢迎的丰沛而又深刻的文学作品。相信涵江人民在这片土地上的伟大创造，作家朋友们在这片土地上的深耕细作，精彩动人的涵江故事、时代史诗一定会在这片别样的水乡新港城上竞相绽放。

本书，就是作家们用优秀文学作品对美好涵江旅游景区系统而生动的解读，相信会给广大读者带来全新的感受和强大的精神力量。

编　者

2023年4月

涵江
HANJIANG

走进「八闽旅游景区」

目录

云端之下看白塘

□ 景 艳

当许多人在云端感受虚拟世界带来的视听盛宴的时候，我正沉浸在莆田市涵江区那片天然淡水湖的深度体验之中。一只眼睛看诗文，一只眼睛看白塘；一半在云端，一半在人间。这是一种很奇特的感受。那些诉诸笔端的历史故事与经典诗文似林下清风，而千百年来的白云苍狗、黄钟瓦釜又何谈清心玉映？踩着现实的泥土，思维的翅膀多少有些跟不上穿越的节奏，且行且看。

一

我是先从诗文典籍中认识白塘湖的。听说它最美的景致是位列莆田二十四景之一的"白塘秋月"，单以此为题的诗文就有不少，其中清代大理寺卿郭尚先的"晴波皎洁挂蟾光，照彻清宵漾白塘。玉镜平铺秋浦阔，银河远浸夜珠凉。杯邀皓月明千里，露湿兼葭水一方。有客吹箫移桂棹，潜蛟舞罢影茫茫"极具心境与意韵。想象中，白塘湖应是一幅水墨丹青，不着七彩，墨分五色。

此行不及中秋，自然也就与那秋月失之交臂。但是否可以看到日出呢？同时也想着感受一下未经雕琢的本真，我决定黎明时分探访白塘湖。天光未亮，怀揣着一点只身走暗路的忐忑，我打车来到了白塘湖公园。高大的牌柱、空旷的广场、影影绰绰的湖水，陡然产生了一种孤寂感，水天一色，反衬得延绵低矮的水线、起起落落的房子、高高低低的树木和它们的倒影，剪纸一般，轮廓分明。没有下雨，但空气湿漉漉的，蒙蒙的雾气让人如行云端。

公园入口处的白塘湖和任何城市公园中的主体湖没有什么大的差别，但没走多远就会发现，它是那么紧密且深入地镶嵌在村庄里。与其说它是公园景区的一隅，不如说它是现实生活中的风景。临湖多是几十年、上百年的老住户。途经宣传廊，一侧是公地，立着"砥砺前行"；一侧是私宅，挂着"福满乾坤"；村民的摩托车"突突突"地驶入公园，"鸭毛卖不"的吆喝能够贯通巷尾；小猫眯着眼在窗下安睡，小狗则撒开了腿自由奔跑。我问阿嬷，门前的水流是不是来自白塘湖，她却指着一堆装水的坛罐，上上下下地比画，听不懂的莆仙话好像说的是"雨水"。哎，这白塘湖的日常啊，就像褪去了职业装的房东女儿，未施粉黛，长发松挽，最是家常的自然流露。猛然邂逅，有一点猝不及防的娇羞，又有一点不相设防的亲近。

沉稳的钓者，早已物色好最佳的作业位置，一人多竿，开启了太公模式；强健的鸟儿，则一波一波地飞临，在湖心盘旋、俯冲，有力而迅捷。都说早起的鸟儿有虫吃，生而为鸟，以湖岸为界，一群在树枝间嘤嘤转转、啾啾喳喳；一群在湖的中心卑飞敛翼、鸿渐进击。生活的目标不一样，注定努力的姿态差之千里。

二

都说水多灵气，滋养生命。这片烟波轻漾的白塘，孕育过不少名人轶事，其中最有名的当属南宋抗金英雄李富。据说，白塘湖的开发始于唐代，原为冲积平原上的海涝地，辟为农田后逐渐蓄水成湖，化咸为淡。开始是分布较散的小塘，得益于家境殷实的李富热心投入，修筑亭榭，种植花草，渐成景致。建炎元年（1127年），金兵入侵中原，南京（今河南商丘）、临安相继失陷，国家处在危急存亡之秋。李富毅然捐献家财，招募兴化子弟3000人抗金勤王，从海道扬帆北上。入长江，向孟太后提出兴宋破金的谋划。太后将其义兵隶属韩世忠部，授承信郎。他随部收复建州，攻克大仪，屡立战功，金兵败回北方。宣抚使张渊赏识李富的才略，荐任殿前统制司干办公事官（简称"制干"）。李富上书朝廷，陈述抗金的策略，被秦桧所抑。他知道权奸当道，报国志愿难以实现，托言母亲年老，辞官归养。

绍兴八年（1138年）底，李纲致信李制干，附岳飞诗一首，再次请他在兴化募兵，协助岳飞、韩世忠北伐。翌年初，李富复函李纲，认为秦桧当权，此举必无战果。但那一段历史终究成就了白塘湖一世英名。

不知道解甲返乡的李富再看到白塘湖时的心境，也不知当

白塘湖（黄智三 摄）

年随他征战的义兵有多少同归，但我相信，经历过那番激荡之后的白塘湖从此有了更深的家国记忆，它在当地人心目中的分量更重了。有乡邑笔录，湖东岸曾有一块明代石碑，刻着禁止破坏水域和水质的乡规民俗。如今，那块石碑大约是找不见了，但写着"待确认的保护建筑"的"保"字标志被贴上了古迹旧址，要求"在确认前任何单位和个人不得擅自拆除、破坏"。

白塘湖的乳汁曾经灌溉了周围三千八百多亩农田，它哺育的人才刻满了"白塘科第"的梁柱，然而，这并不能让高光停驻。当消失的消失、离开的离开后，空巢化的村庄渐渐剥离了渔牧农耕的底色。走近白塘湖，我们便会知道，它是一湖被倾注了多少乡愁的水。无数次无声的眺望中，送子出发，迎子归来。

三

天光渐亮，雾气渐散，可以看见石板路上盛满水的小窝窝组成了特别漂亮的图案，满枝葱茏的许愿树上系着的红布条更加鲜艳。不过早晨七点半的光景，南埕木偶剧团的提线木偶已经搭起了台子，正对着挂有"聚福书社"牌匾的土地庙的大门，拉开了场子。除了听不懂的我，并没有多少观众，但那唱腔那技艺，都是极好的。据说演的是"郎才女貌"，面对神祇的演出，不掺半点水分。

沿着白塘湖走了一圈，看到湖畔立着许多架子，晾晒着一排排黄色的小方物件，不像是吃的，也不像是用的，问了好几户人家都说不知道。百思不得其解，直到我遇见了一位可当翻译的年轻人，把她的阿嬷带到现场"指认"，我才知道，这就是当地名产——"贡银"，用经白塘湖水沤过的稻草、蔗禾和竹片制作，晒干包上金箔之后即可作为祭品焚烧。也就是在这个时候，我才恍然大悟，之前所获得的那许多"不知道"的答案，其实不是他们真不知道，而是听不懂我在问什么。

迎福宫、大雄宝殿、观音亭……方圆不算很大的白塘湖水域保留着许多传统信俗，标注着儒释道延绵的印迹，记录着平常人家的期待愿景。我不知道，杂糅着各种需求的祈福以怎样的方式抵达天庭云端，但在目光所及处，可以看到新建的环湖道路、花卉观园和林木景观，一页白塘湖业态规划正从平面图走向现实。2017年启动的"显湖露水"项目定下了再拓白塘的计划。木兰溪"水上巴士"目前已开通北大村、东阳村、白塘湖三地码头之间的往返航线，总航程约25千米，未来还将开通北大村至玉湖航线。

科技发展的日新月异，已经为人类打开了一扇通向宇宙的大门。假如有一天，画卷上的李富与岳飞、韩世忠相携而行，率三千义兵重回白塘湖，与今人同框，开启一段泛舟同渡、对酒吟歌的场面，大概也没有什么好奇怪的吧？只愿相见欢时，彼此都能找得到系出一脉、真实可感的历史、文化与情感的连接。

"木有荣枯之干，羽有长短之毛。鹑结裘轻，共出公侯世胄；负薪佩玉，原仍同气连枝。百世归于一祖，万叶发于一株。欲秀其苗，当固其本，以是根深而叶茂哉。"李富《白塘玉牒李氏宗谱序》中的一段话时至今日仍有着别样的意义。农耕文明讲究人与自然的融合、德与法的融合、城与乡的融合。在迈向乡村振兴的进程中，发掘、抢救和重建文物古迹的价值非常重要，但

白塘镇洋尾村（范将　摄）

是，修复一个村庄的机能、特色和人文素养的意义更为重要。曾经声名远播的传统村落，直面滚滚而来的变革洪流，是顺势而下抑或是砥砺中流？考验智与志。步子慢了，大浪淘沙，错失生机；步子错了，折戟沉沙，辉煌不再。

乐见今天的白塘湖仍能以出世的淳朴抗拒急功近利，容得下一点留白、一点残缺，愿意给云端之下的慢生活一点时间、一点空间。让我们有理由在凌晨5点开启一趟说走就走的旅行，煞费苦心地去实地探究一下早中晚不一样的白塘，可以去为白塘湖上的水鸟究竟是海鸥还是白鹭展开一场争论，还可以跟着那位叫李群山的人绕过大街小巷去小摊铺淘寻旧书籍……真的挺喜欢那样一种云端之下的感觉。

相比于在面对一台人工智能时的自惭形秽，我更愿意以一种建设者的姿态去感受生命的意义和价值。就像那跨越千百年的白塘湖，面对游子回不去的乡愁，正在竭尽全力做最好的家乡。

闽中瑞云神仙居

□ 黄河清

　　瑞云山位于莆田市北部与永泰县毗邻的大洋乡院埔村，素有"大景一十八，小景三十六"之称，景区内奇峰罗列、怪石嶙峋、千姿百态、惟妙惟肖，为莆田的万山之冠，海拔1080米。据传，早有神道名"瑞"，携二道人寻游于此。当即只见天光闪烁，瑞云浮空，且从天外隐隐走来两巨"麒麟"。道人为之惊喜，叹道："麒麟出没处，必有祥瑞，此乃神仙居所！"即定此处为瑞云山。

　　早春二月，正是寻仙的好时节。车驶出城区，在春风润泽下的乡村，田野分外清新，满眼皆是铺天盖地的绿。地里的庄稼、山坡上的树和草、无边无际的绿，一望无垠。打开车窗，裹挟着泥土、青草味道的风，瞬间充满了整个车厢。心，在那一刻开始渐渐地明朗起来。

　　进入景区，瑞云山的独特风景便呈现在我的面前，正前方的山峦上，一尊巨大的自然山体卧佛，仰面朝西，身体曲线明显可见。据专家考证，它是我国目前发现的最大一尊天然卧佛。

步入山门，一副对联吸引了我："张公灵圣施八方德泽瑞云长驻，玉女靓妆迎四海宾客广业永兴"。这副对联高度概括了瑞云风景区的人文景观和自然景观，体现了瑞云山自然景观和人文景观的完美结合。山门后面是弥勒广场，一尊弥勒佛像高卧在广场正中。这尊佛像高3米、宽4.6米，是由一块巨大的天然红大理石精心雕刻而成的。这尊弥勒佛像坐东朝西，为最佳的地理方位，这方位得来纯属偶然。更为奇特的是这尊佛像处在背后瑞云山卧佛的腹部位置，与卧佛互相对应，形成一派祥和的景象，正所谓"佛中有佛，佛心是佛，山河为佛，天地祥和"。

沿着青石铺就的山道前行，两旁树木葱茏，鸟鸣啁啾，看不到路的尽头。抬头仰望，浓荫馥郁，暖阳透过枝丫，斑斑驳驳地洒满一地金黄。山坡上有一片珍稀植物园，这片植物园里有20多种属国家一、二级濒危重点保护植物。几棵树上开着花朵，形状如一把伞，那便是国家二级保护植物——"伞花木"，这种树在全省都是比较少见的。据专家考察，在大洋乡境内现有300亩的伞花木群落，具有很高的保护价值。

不远处的山上有块岩石，像一只老鹰的嘴巴，它两旁的岩石犹如老鹰的翅膀，被称为"鹰嘴峰"，传说这只鹰是张公的坐骑，鞍前马后地为张公镇鬼立下战功。张公镇鬼成功后，被张公点化，守护在山口。"鹰嘴峰"的后面还有"将军峰"，可以隐约看出是五位将军的脸谱，传说这五位将军是张公麾下的五员大将，他们为张公镇鬼立下汗马功劳，但从不居功自傲，仍然忠于职守，时刻保护过往行人的安全，严防妖魔鬼怪的入侵。

路旁传来小溪哗哗的流水声，这就是三叉溪。我沿着一条石梯往小溪走去，路湿滑不已。行至石梯尽头，没有了路，只有逼仄的山崖，崖上有摩崖石刻："鸾鹰乘风，龙象带雨"，是明朝莆田状元柯潜所书，民间有很多关于柯潜的传说故事。据说柯潜出生在一个富裕人家，小时十分愚笨，父亲望子成龙，请了一位又一位老师来教他念书，但是怎么教他也学不会，老师们一一离去，到最后一位老师也要离开时，他和父亲一路相送，苦苦挽留，老师就出了一个对子要柯潜对，说只要能对得出来他就留下。老师看到有个女子挑着一担橄榄，就念道"女子独行随橄榄（谁敢拦）"，柯潜一听，看到旁边有一棵石榴树，就答道："先生欲走我石榴（实留）"。老师觉得奇怪，柯潜什么时候变聪明了。民间传说，柯潜是壶公转世，在送先生的时候看到壶公山，通了神，聪明花就开了。

当我回望时，对面的山峰状如一顶明代的官帽，故被人称为"官帽山"。据说，在那座山脚下原来有一个大香炉，香火旺盛。香炉立在古驿道旁，前往京城的考生都会在此烧香，祈求能够高中。因为官帽山背靠瑞云山，所以祈求之人都能如愿。明朝时，瑞云山下还出过三位状元：萧国梁、郑侨、黄定，或许他们都在这里烧过高香吧！

不经意间朝西边的山顶投去一瞥，禁不住叹为观止了。蓝天下那一方突兀的黛岩，活脱脱的就是一幅美女对镜梳妆的剪影，绾髻高盘，眉眼清晰，面前的那面镜子，斜度合适，高度恰当，活灵活现地衬托出玉女临镜的娇媚。此处就是瑞云山一级景点——"玉女梳妆"。其惟妙惟肖的程度，比起武夷山的玉女

瑞云山景区永兴岩（范将　摄）

峰、云南石林的阿诗玛更胜一筹。传说这是一位天上下凡的仙女，经过瑞云山时，被此处景色所迷住，不禁心花怒放，拿起仙镜，对镜梳妆，欲与大自然相媲美。不料，由于流连忘返，错过了天门关闭的时间，仙女也就永远地留在了这里。

　　穿过两块巨石间的窄窄缝隙，抚摸着光滑的石壁，感受着张公劈石的威力。传说，张公派手下将军追杀鬼王时，鬼王施展魔法移石挡路，阻止将军去路，这时张公及时赶到，挥剑劈开大石，率领大军，长驱直入，直捣鬼巢。只要把这两块岩石拉合在一起，便可形成一个天衣无缝的整体。

　　抬头仰望，一块巨大的石灰岩凝结的悬崖峭壁，坐镇在山之巅，"光紫圆腻，直插一幅云母屏"，这就是瑞云山最为壮观的"永兴岩"。永兴岩亦称鬼岩，《莆田县志》有则关于永兴岩的记述："峭壁可三十丈，上有飞瀑，霏霏承雷，春夏间若曳练然。旧有洞可炬行，宋绍兴中，山鬼为厉，张真君以巨石封之，患息，今无敢发者。"

岩下有一洞窟，建有石窟寺。寺始建于宋代，元明清各朝均有扩建或重修。坐南朝北，用规整的条石砌成并排三个大小不一的连拱券顶门洞，面积约420平方米。三个殿分别为：左为永兴祖殿，即张公祖殿，右为五海龙王殿，中为观音殿。窟内现存的石像、石梁、石柱、石础等均为宋元之物。

传说张公圣君名吉，原籍永泰，至善至孝，因上山采药为母治眼疾，得仙书一卷，又得仙人口授修真三术，苦练成圣，镇邪荫民。永兴张公祖殿是张公信仰的发源地，而张公信仰在莆田广为流传，大部分宫庙都有奉祀张公，形成了类似于妈祖文化的张公文化。东南亚地区、美国与加拿大等国以及中国台湾等地区也分布有其信徒，共达千万之众。每年农历七月廿三日，海内外信徒都会纷纷前来瑞云山的张公祖殿寻根问祖，香火十分旺盛。随着时代的发展，张公又被赋予了新的使命，那就是"商神"，外出经商之人都会来这里求签问卦，据说还十分灵验。

春夏之交，雨水丰沛，瀑布可从岩顶飞流直下，洒落在石窟寺的青石台阶上，犹如梨花盛开，银珠落盘，顿时白雾升腾，琤琤淙淙，韵律和谐，余音绕岩。秋冬之际，细流从岩顶霏霏飘落，如透明的珠帘随风飘荡，可谓"半空洞窟疑无地，一线烟霞别有天"。洞窟中有一口泉眼，终年不涸，久雨泉水不溢。据说可防疫治病，难怪民间称之为"仙水"。

一天然巨大的岸石脊岗立于永兴岩东侧约五百米处，狭长险陡，似石龙昂首，跃跃欲飞。岗脊两边的岩体经受雨露阳光的熏染而成为青色，沿脊背修建的狭窄小道，伸向悬崖顶端。我小心翼翼地握紧铁链，战战兢兢地走过这十几米长的山脊小道。站在悬崖顶端的观景台上，目野四方，胸藏万壑。站在这里，仿佛是站在智者的心灵上。风从山脊划过，似絮语，给站在他心灵上的我，灌输着春夏秋冬的风情世故；他那赤裸的青石，沧桑古朴，无数双脚步的攀踏，让它如游鱼般光滑，如无坚定脚力，会滑溜到山谷下去的；现实中许多人跌倒，不就是因为定力不够吗？我立在他的脊背上，就是站在他那危崖警示的智慧里，聆听着他那一阵紧似一阵的山风警语。

脚下的山谷里藏着奇岩秀石："仙犬守门""骆驼送水""神猪带崽""香炉烟缕""生命之根""生命之门""雄鹰传书"等等。不远处的永兴岩此时也宛如一只大象徐徐走来，自然隽永，惟妙惟肖，可谓是处处山头皆景点，块块奇石有传说。听山风呼号，瞰景色迷离，我忽忆起唐代莆田诗人郑良士赞美这一方天地的诗："三邑平分万仞山，峰头禅院瞰寒空。喷烟一代香泉白，倚云千株古树红。宿客语来岩谷应，真僧游去虎狼同。不堪怅望吟诗石，藓碧苔青桧影中。"

残阳如血，染红了远远近近的峰峦。我仿佛融化在这红彤彤的仙居里，以挺拔的体魄，神奇的装束，坚定的思想，在这悠远深邃的秀石奇岩间徘徊流连……

望江山问竹

□ 张冬青

　　如果你喜欢原生态旅游或者竹林探秘，建议你选一个雨后初晴的日子，从一马平川的莆田涵江平原驾车沿莆炎高速一路向西，转眼间抵达与永泰相邻的庄边地界；从右车窗极目远眺，即可见到云雾缭绕之中拔地而起的一列耸翠群峰，遍野绿竹摇风。这里就是海拔1083.4米的莆田第二高峰，被誉为莆阳"张家界"、东南沿海"镇山之石"的望江山，史上因在峰顶能望见锦江入海而得名。

　　这个仲春的日子，我受邀走访位于望江山景区腹地的上院村。上午九时许，上院村党支书郑立港在庄边镇政府大院驾自家的小车接我进村。年轻俊朗的小郑曾在一家国企上班，不久前放弃高薪辞职返乡走马上任村支书。

　　春阳和煦，小车行驶在庄边往上院整修一新的水泥山道上，峰回路转间放眼四顾，车窗外是连绵的青翠竹林；山谷田畴间，黄灿灿花开正旺的是油菜，叶片青郁的是经冬的芥菜，也有些轮耕猫冬的山田长满了绿草，偶尔有粉红的杜鹃花从竹丛间探出头来一闪而过。从交谈中我了解到，上院村位于涵江庄边镇西北部，平均海拔680余米，是莆田新二十四景之一"望江竹浪"的核心区域。村内有望江山、龙穿城、鸡冠寨、十八重溪等自然奇观，还有以"半溪联络站"为代表的红色文化景点。村域面积13.35平方千米，其中耕地面积0.23平方千米，12平方千米的林地中大多为毛竹林。全村现有人口246户、880人。得益于自然资源优势，近年来上院村以发展毛竹产业为主多种经营，通过积极招商引资，先后与相关企业合作投资开发建设500亩无公害有机生态茶园、2600亩山茶油基地，村民年人均可支配收入达18668元，村集体收入16万元。上院村近期被评为"省乡村振兴示范村"。眼下正是毛竹砍伐季节，路边、山脚空地里，随处可见大堆的毛竹，有山民从竹林里扛出刚砍下的毛竹，也有人将毛竹往停在路边的货车上装载，空气里弥漫着春山竹类特有的甘洌清香。小郑说，这些毛竹大多运往就近的竹器加工厂，也有的运往基建工地搭建脚手架或者沿海水产养殖等使用，每根毛竹看长短粗细，可卖到十几至几十元不等。

十分钟不到，车抵上院村。与诸多闽中山村大同小异，上院村坐落在山谷盆地之间，四周是成片的毛竹林原始生态林，从远山流来的清澈小山溪在村边潺潺流过。鸡鸣狗吠村舍俨然，一条水泥铺砌的街路穿村而过，沿街两边大多是两三层的楼房。让人眼前一亮的是村中心建于坡坎之上不大的乡村公园。这里是村坊的风水林，十几棵苍翠虬枝的参天老树聚拥一片，蔚为壮观；有柳杉、红豆杉、杨梅等，每棵都三两人合抱不过；看树身挂着

望江竹浪（曾炳麟 摄）

的腰牌，都在五百年高龄以上，让人叹为观止，据说这是上院村郑、邱两姓开基祖当年落草此地植下的。

不远处有电锯声传来，我们循声走进山脚一处简易的竹器加工厂棚。厂棚内外整齐堆放着一排排竹凳竹床；有工人将手臂粗的毛竹锯成计量好的竹段；一中年陈姓师傅嘴里叼着烟，正不慌不忙将座椅旁打孔烤弯的竹件装配成品，眨眼间，一张结实的竹凳就拼接完工，且榫头连接处等皆用竹钉咬紧，不见一丝金属。打听下，一张竹凳售价30元，一铺单人竹床50元，既美观实用又经济实惠。

与小郑差不多同龄，原在企业上班后来返乡的村支委小邱在前头领路，爬一段石阶，去看竹林边的妈祖娘娘庙。因庙主临时出外，两扇朱红庙门紧关着，不大的宫庙飞檐斗拱挂红点漆，朴雅而肃穆。我有些诧异问起，为何山区也有妈祖庙。小邱说，上院境内的十八重溪，是木兰溪和大樟溪的源头之一，早年间的望江山区域内的竹木、山货等都由这里的木排水道运往山外，山里人祈盼妈祖娘娘佑佐平安。明代之前，这里即设有称为"古交铺"的驿站急铺。耳边有翅羽飞动的声响，一群羽翼丰美的长尾花鹊正掠过宫庙上空往竹山飞落。隐约听到竹林深处有婉转的歌声。小邱告诉我，这是当地砍竹的山民在唱"花腔鼓"。闽中山区数百年间流行的独特民间艺术"花腔鼓"就在这里起源传承至今。小邱说起坊间流传的一段与毛竹相关的民间传说：相传清朝顺治年间。上院坝头里有位才貌双全名为叶秀的大家闺秀，嫁与莆田黄石的书生才子彭鹏，端的是郎才女貌情投意合。书生彭鹏在美丽夫人的鞭策鼓励之下，发愤读书，终于在顺治十八（1661年）年中举，上任河北三河县令。其时，正逢三河附近的黄河决口，洪水泛滥成灾，百姓生命财产危在旦夕，彭鹏奉旨赶赴黄河治水。正当彭县令面对汹涌的洪水束手无策之时，叶氏夫人献上锦囊妙计。她建议夫君采用娘家编竹笼填石筑坝的方法，运来深山的老竹，编织大量的竹笼，内填大卵石与坚木，投入滔滔洪水之中，拦水大坝终于筑成，因此成就一段红袖添香土法治水的佳话。

　　我们沿着十八重溪的某段溯流而上往大山深处行走，两岸满眼是大片春风摇曳的绿竹，竹林里间杂着各类杂木，崎岖的山道不时过溪绕岸。时令已过惊蛰，却是难得下场透雨，三两丈宽的山溪几近断流，一洼洼囤积的小水潭绿得发蓝，清澈的水洼里依稀有游动的小鱼，满溪大大小小的灰褐色卵石，有如成群冬眠过去的狗熊，或躺或卧，只等着一场雷雨的喧哗唤醒。小郑说，望江山里有十多种的竹类，我们在密匝匝的竹林间寻寻觅觅，见到灰紫色节中带刺的方竹，竹竿青绿节间匀称挺拔的篓竹，还有佛肚竹、石竹等，杂草落叶的竹丛间有些裂隙，小邱说那是春笋即将冒头。小郑且行且走，兴趣盎然谈起上院村往后头乡村振兴的一揽子规划，最主要的就是要以望江山境内丰富的竹资源为抓手，大力发展竹产业，计划兴办竹器加工厂，在溪岸选址辟地兴建一整排特色民宿，小屋建筑材料包括墙壁瓦顶全用原生态毛竹，还将建百亩"竹博物馆"，引进种植各种竹类植物，以供青少年参观研习。小郑的表述有条不紊，思路敏捷，视野开阔，我深表同感。都说绿水青山就是金山银山，我对乡村振兴的观念一是要立足本地资源开拓发展，让乡村的每一寸土地都能萌芽发酵，产生最大化效应价值；二是在此基础上，本土的年轻人能够扎根留下耕耘创业，还能吸引外地青年进驻，想想看，家乡的土地丰饶产业发展，在家的收入报酬与外头持平或更高，谁还愿意背井离乡出外为人打工呢，因此，我对小郑、小邱两位年轻的大学生毅然放弃国企工作，返乡创业引领潮流表示由衷赞叹。

山溪右向有道几十米高的悬崖，能见依稀的水流婉转形成三叠细瀑，落入溪中即消逝不见了。大山的水都流向哪儿去了呢？望着一溪酣睡的卵石，我想，自然界也在遵循天人合一能量守恒，大山的水流在这个旱季里一部分潜入地底，滋养满山的竹鞭和笋芽，一部分则上升储存在竹竿枝叶之间，以便更好地与阳光进行光合用，她们无时无刻地往复回旋共渡难关。待到雨季到来，满山新笋的拔节就会和奔涌的溪流共同奏响大山协奏曲。人活着也是这么个道理，只要你矢志不移，不断谦虚努力学习，蓄积能量，超越困顿，度过人生的旱季，就能抵达理想的彼岸。

我们原路返回，乘车往后山去望江山顶峰，小车在弯曲陡峭的山路上行驶，在一处极陡的转弯，车轮被铺满碎石的待修路面卡着了，怎么也上不去，只能作罢。隔着一道峡谷，对面望江山蜿蜒起伏的顶峰近在咫尺。有山风阵阵吹来，我将手机的摄像镜头拉近再拉近，就看到望江山麓竹浪翻涌，我的目光愈拉愈长，仿佛时空穿越，来到清明时节，耳边听见满山新笋拔节的簌簌声响，笋芽竹鞭在地底飞速潜行，我随着不断蒸腾的雾岚，就站在瞭望江山的峰巅之上。我感受着"面向大海春暖花开"的胜景，看到木兰溪和萩芦溪在涵江平原合流奔向大海，湄洲湾碧波万顷百舸争流。此时，我想起近代大学问家、诗人顾毓秀的诗句："春水一江明似带，春去也，水长流。"以此向身边两位返乡创业领头致富的年轻人祝福共勉。

春游崇福村

□ 璎 洛

　　春天闹着把鲜花催开了一遍，在萩芦溪的河畔，五颜六色的旋律从这水光潋滟的风光中传开，向着山上的田园人家。白鹭的江湖，是玻璃的透明样子，映照着这一抹灵动的白色掠水飞过，又在石头上吹开了芦苇的心事，摇摆着，不知是否欢喜，因为春天的脉搏像一首诗歌在跳动。我的心情此起彼落地被萩芦溪美色诱惑着，在溪流中间的太平陂古迹上漫步，向着春光，向着看不见尽头的溪流远方……萩芦溪贯村穿流到江口，汇入大海。

　　走到太平陂的尽头，在登山的阶梯旁有一块石碑，上刻：太平陂位于兴教里尖山后，即现在的萩芦溪上游萩芦镇崇联村莲花石下，离莆城二十千米。太平陂也叫太和陂、曾公陂。宋嘉祐年间（1056—1063年）兴化知军刘谔创太平陂，灌兴教里（指溪南、柑园、南山、后山、鼓岭、九邱、洪度、后亭、东张、林外、漏头、吴塘、太平庄、东宫、泗洲、吴梓、岭前、埔墩、溪口、陈厝尾等）。延寿（指前后东浦、太平洋）二里，田七百顷。宋绍定间（1228—1233年），知军曾用虎重修，更名曾公陂。明嘉靖四十三年（1564年），同知潭维鼎、知县莫天赋重修。该陂原用大溪石垒砌，为浆砌溪卵石滚水坝，陂长92米、高4.2米、阔50.566米，陂上游水深6.85米。陂右设一大水闸，闸宽3.3米，即为内渊。新中国成立后，政府部门多次对干渠沿线过水断面进行理顺、扩大、改线、整修、配套加固和全面石渠化等，至1978年冬基本完成干渠改造。干渠进水口流量由$1.6 m^3/s$增至$2.3 m^3/s$。干渠总长22.5千米，与江口"东方红"水库右干渠相接于厚峰村圣寿寺处，灌溉面积2.35万亩。1985年8月24日，因受台风暴雨影响，陂坝中段决口长12米，为确保灌区农田灌溉用水，有关部门及时给予修复，并对该陂进行全面加固。太平陂原陂顶高程49.93米，进水口闸底高程48.24米，上游集雨面积为42平方千米，多年平均径流量为3170万方，蓄水量为35万方。

看完这段碑记，我大概了解了太平陂建造的历史情况。沿着萩芦溪畔的水泥小路往山上走，同行的村民说这条路是20世纪90年代修建的。小路一侧是一座小山，山上就是由秋芦镇管辖的崇福村。我问村民村里的经济支柱是什么。他说一般都是出门打工，当建筑包工头，农业经济靠枇杷、龙眼、蜂蜜。村口有一个仿古长廊，他说2022年9月3日，就在这里举办了涵江区秋芦镇第二届龙眼文化节，比第一届在龙眼林里举办的热闹多了。说着，他的眉眼瞬间都笑开了，这就是他由衷的幸福呀！

听说第二天就是菩萨诞，村民们会在村里的崇福宫里为菩萨举办活动，我便要求村民陪同前往崇福宫参观。我们走在村道上，只见不远处有一块200多平方米的空地，空地中央是一座飞檐翘角、雕栏画柱的红砖宫观建筑，色彩鲜艳得令人炫目。建筑一侧还有几间平房和一座百福亭。崇福宫里祭祀着四大神，分别是齐天大圣、普济圣侯，二位林公圣侯，杨公大师，因为每年春节的农历初八到十一，他们都要在这里游神四天庆祝春节，还有每年逢菩萨生日2月25日、3月3日、4月16日、8月2日、9月28日时到崇福宫前请戏班来唱戏，庆祝菩萨诞。

除了春节和菩萨诞，元宵节也特别值得一提。涵江的元宵节特别热闹，各个镇街有自己特色的节日，比如白塘镇洋尾村踏马迎福，三江口镇芳山村千担万盘贺福首，涵东街道霞徐顺济庙超大红团庆团圆，涵西街道延宁宫搭叠蔗塔祈福。崇福村的菩萨巡游庆元宵也很热闹。今年正月初十，菩萨在村民的簇拥下绕村巡

崇福秋水谷景区（黄智三　摄）

游，村民自组红红火火的车鼓队，家家户户扛着户旗跟着敲锣打鼓的领头前行。一路旌旗招展、鼓乐齐鸣，铜锣车鼓喜悦欢腾，队伍逶迤不绝，菩萨所到之处鞭炮声不绝于耳，村民沿路烧香祈愿，盼望平安顺遂。

我艳羡地说，好想元宵来这里过节呀！村民说湄渝高速、202省道贯村而过，从萩芦高速路口到崇福村才三千米，到福州市区也只要一个小时，不远，很多福州人周末来这里休闲度假，于是又带我去参观他们去年十月建好的户外度假营地。这片营地建在秋水谷中，被森林包围。这里的森林覆盖率为76.4%，良好的森林资源成为这个营地倍受都市居民欢迎的重要原因。在这里不仅可以呼吸纯氧，还有山地自然环境，可以玩滑草、森林探险、真人CS、射箭等游戏。我从树林中的宽敞道路走进去，看到开阔的一座石砌的大平台上立着五六个黄色的帐篷。这里开放才半年，已承接了求婚布场、生日派对、年会团建、户外赛事等各类活动。2023年2月14日，这里举办了"萩山来信"情人节活动，3月8日举办妇女节团体活动，甜蜜、快乐、感动与泪水在这片充满野趣的土地上一次次地发生，让人们见证了户外生活的幸福。

帐篷台旁是山上的萩水湖流下来的河流，与萩芦溪相通。溪畔种植了一排樱花树，粉色的樱花、黄色的帐篷、红色的咖啡小木屋点缀着绿色的大森林，童话一般美好。帐篷的后方有一条通天的青云梯。这条66级登山梯是从山体中人工凿出来的台阶，刷上青绿蓝黄红五种颜色后，就像彩虹一样美丽。青云梯两侧有木质扶手，老人扶着它还可以直步青云，到半山看看美丽的萩水湖。

萩水湖的四周满是绿色的植被，对面的山上有大片的枇杷林，四月初这里甜蜜的枇杷就可以上市了。我对村民说到时记得告诉我，我想买一箱。村民乐呵呵地说这里的枇杷真的甜，到时一定会通知我。他高兴地指着湖边的一座凉亭问我，要不要过去坐坐。只见湖上有一座凉亭，春天正适宜坐在亭子里欣赏湖面美景。偏偏我来的时候是枯水期，萩水湖也在修堤坝防止漏水，所以湖水被流放后，只余一湾清清浅浅的湖水。村民怕我觉得遗憾，就翻出一张照片给我看，那是秋天丰水期时的萩水湖，湖光潋滟，湖边的凉亭被溪水围绕恍惚是在水中央，湖的四周翠微茂林，山野间点缀着几栋小屋，真有点世外桃源的惊艳之美。我问他，秋天丰水期这里游客特别多吧？他说是，因为风景太美了。

沿着萩水湖畔的彩虹步道，我们往村里走去，又看到由十二生肖做扶手柱的一座桥。桥的一侧写着"迎福桥"，另一侧写着"永福桥"。迎福桥下是小阜、流水、石桥、水车构成的景区，虽是人工，宛若天成。这个景区就在崇福宫的下方。永福桥下则是一片小树林，树林的不远处就是户外营地。望着崇福宫附近的乡村人家，仿佛嗅到了乡村土特产美食的香味，多诱人呀。

依托独特的半山湖景、田园风光、乡村院落、山地森林、珍稀苗木基地等资源，打造集农家大锅灶美食、山地滑草、山地卡丁车等吃喝玩乐户外娱乐场所，这里多么适合大家休闲度假啊！我立即拍了几张照片发到微信朋友圈分享，很快就看到朋友们的点赞，并询问来这里旅游的路线和车程时长。

人生路上风景多，到哪里旅游最重要的选择是和谁一起去，但也不得不考虑远近问题。如果就在福建省内，我想逢年过节真的应该来莆田，来萩水湖走走，独特的风景、美食会令人难忘。

古囊峢巘观石

□ 蔡天初

　　我记不清来涵江多少次了。

　　谈起涵江的自然生态之美,涵江同志如数家珍,会推荐你去白塘湖,因为那里有囊山倒映水中的白塘秋月;会推荐你去瑞云山,因为那里有永兴画幛;会推荐你去望江山,因为那里有百里毛竹;会推荐你去新县镇,因为那里有夹漈草堂;会推荐你去江口镇,因为那里有锦江春色;会推荐你去三江口,因为那里有独特的湿地公园和雁阵归舟,让我流连忘返。

　　癸卯年春,我走进涵江,寻证倒映白塘湖水中的囊山,蓦然产生那至纯至真的信赖和感动。囊山海拔639米,山峰大石头磊着小石头,层层叠叠似隐囊一样摞起来,命名为囊山,又有古囊之称。囊山村何秋燕主任告诉我:"囊山山势不是单独孤峰而立,而是鹤立于群峰之中,与九华山、紫霄山相连,山麓石群一列如屏,群峦叠嶂,山间怪石嶙峋,裸露出的花岗石形态各异,绵延数公里长,美其名曰古囊峢巘。"这引起我极大的兴趣。

那天，我们驱车来到囊山村，从囊山脚往上攀登，我惊诧于半山腰处囊山寺里石件的美了。一入寺门，只见寺院中一块刻有"虎石"二字的石碑呈现在眼前，传说这是开山祖师——妙应禅师（世称伏虎禅师）以竹杖书的"虎石"碑。在"灵山一会"门右边一石碑扑面而来，这是唐宋五代时期的"囊山院"碑，在静静地向人们诉说着囊山寺的千年史。

令人惊奇的是，走进"香积"古大寮，就是我们通常所说的香积厨房，保存充满生活气息的真实古迹，宋代石柱、石槽、石磨以及明代的三口铁鼎。眼前这三个约六米长的巨型石槽，刻有"无咎"两字，下刻"熙宁岁在己酉十二月谨题"的大石槽是寺院的洗菜、洗碗池，特别引人注目，同样大小的一个石槽移放到大雄宝殿前种花草，令人崇敬，千古流芳。这里还应提到的是，眼前无俗障，看到唐景福元年（892年）妙应祖师率众僧开挖的青石雕琢六角形石"唐井"，不远处还有一口圆形石"古井"，两井位置等高，水深不相同，化作一个永恒的地理坐标，别有一番韵味。

囊山寺是唐中和元年（881年）由"伏虎庵"改名为"延福院"，后升院为寺。唐宋之际一直是官方北通福州，南抵泉漳驿道上宿站，历史上有不少文人名士途经驿道，夜宿寺中咏志抒怀，留下诗篇和摩崖石刻。想不到，寺内观音殿左侧往后山方向几步石阶，就有一方宋代石刻"三山郑性之来会陈复斋葬，问宿于此院。莫不见山。归程，同潘谦之、陈平甫谒上老，遂披朝云，登崔嵬、听溪、观海涛而去。时绍定辛卯孟春廿六日""张伯常、蒋颖叔同按萩芦、温泉二陂，至囊山院。熙宁辛亥十月二日"记载。宋熙宁辛亥(1071年)福建两位官员为贯彻熙宁新法，调查水利工程之史实；朱熹赴泉州同安上任时，住在寺内写下《宿囊山寺》"晓发渔溪驿，暮宿囊山寺。云海近苍茫，溪山拥深翠。行役倦修程，投闲聊一憩。不学塔中仙，前途定何事。"在寺后半山崖题刻"与造物游"手书；蔡襄多次路过、住宿囊山寺，写下不少诗篇，现留有一块蔡襄（君谟）《陈伯孙诗刻》："六合万籁息，秋林月正晖。琴中传不尽，石上坐忘归。"

这里，诗因景而灵秀，景因诗而名重，寺内外摩崖石刻，为囊山寺增添了深厚的历史文化底蕴。距离囊山寺背后不远处辟支岩上，有两块数米高的大石并排直立在一起的石门石，古道就从二石之间穿过，其中一块高石上刻有"山间明月"大榜书，落款为"林有恒书"，是明嘉靖年间林有恒与友人赏月的题记。石门石神奇之处在于"移步换形"，从不同角度或不同位置来看，呈现在你面前的又是一种截然不同的形象，如同变换摄影取景镜头，会产生不同的效果，形成不同的作品。"山间明月"换形的特点就十分典型，如北望映入眼帘的是二石相拥组成"夫妻峰"，如南望又如同身披袈裟手捧经书之佛在念经，构成了"二佛谈经"的佳景，我站在高处将二石峰连起来看，整体如同一艘出海满载而归的巨大渔船，生动极了。其实，山最朴素的品质是石头，最让我惊叹不已的是，有一处古道从二石之间距离不到60厘米穿过，一块石头上佚名写着"让步自宽"，富有哲理性，令人回味。

由于囊山面朝兴化湾，在海风潮气这双巨手千百年的剥蚀和雕琢之下，山上的岩石被扭捏磨搓成各种形状，它们有的高耸直立，有的蛰伏如兽，有的如天桥横架，有的又如利刃斜插空中。

囊山石头总是显得扑朔迷离而变化无穷，彰显出大自然的斑斓诡秘。拾级而上，近山巅很容易发现有一块奇石，高约百米，宽约60米，自然形成活像一只"大鲨"，囊山人称"鲨母石"。晴天石面呈白色，每逢晴雨之交，雾气布满山岗，示意将要下雨，石面转为苍灰色，进而颜色逐渐加深，变成灰黑色，山下方圆数十里内村民都能看见，村民誉称"气象石"，视为"山神"。

古囊峆岏是一种特有的地貌现实版，神奇之处在于有的硕大的岩石不是一块巉岩，而是相连聚合在一起，构成一片接一片的悬崖峭壁，并直插地底深处，恢宏庞大、崎岖峥嵘的石头，浑厚、粗犷、神秘又奇诡，时而鬼斧神工，时而又平淡无奇，似乎大地把最永久的秘密也掏出来，搁在丰沛的阳光下炫耀，昭示着历史的厚度和深邃，望着它，令人甜津津或苦涩涩，但却令人无比向往。我喜欢古囊峆岏，在于它带有草根特色，它的造型不是来自人的意志，而是来自历史的自然，具备质朴的品性，给人留下宽厚的余地。

抬头看，辟支岩出现在视线里，这儿的山果真是和别处不同，只见有一块巨石像屋盖，岩下可容纳20多人，岩外两块天然的石头，恰似一对石虎守护岩口。《福建通志》载："辟支岩，其中可容数榻，旁有八小石负之，玲珑明澈，如窗棂然。"如今，在辟支岩旁新建祖师殿，俗称后山别殿，与旁边一座石头房相连接，石房上挂"囊山村顶何五尾134"门牌。同样，在辟支岩西侧不远处称"天元岩"，被人们熟知的"世外桃源"，也有个大石洞，洞中有洞，洞洞相通，浑然一体，群众称为"百廿间"。在我眼里辟支岩是座大石屋，当这一切出现在眼前的时候，有一种"庭院深深深几许"的感触。

与天元岩一涧之隔，相距约两千米，就进入九莲山地界。登顶后，映入眼帘的是一排石头房子和一座石碉堡，据说，这里过去是海军基地，如今山头称"海军顶"。海军顶同样奇石环列，姿态万千，山上最壮观的峰丛有九堆突兀巨石，状如莲花开瓣，似一朵朵莲花盛开，俗称莲花石，故而得名九莲岩，亦称海军顶。我认为称呼"九鲤朝天"也十分贴切，石头群活像数条从水中跃出、冲天而上的鲤鱼。事实上，古今有不少诗人吟诵"九鲤朝天"峰丛，清人郑鹏写道："石壁尖成队，三三首向东。瓜麟生宿鲜，鬐鬣动秋风。月皎珠悬夜，烟霏沫喷空。有时能变化，雷雨一声中。"我更喜欢范光表在《九鲤石》中所描述的："脱渊竞作朝天势，翘首龙门欲破空。堪笑昆明池上石，年年只解动秋风。"这壮观的石鱼，"口将吞月首冲霞，尾扫山岳拔地起"，它给人一种神秘之感，既沉重有力，又虚无缥缈，既实实在在，又勾人幻想，妙就妙在真实而虚幻，在似与不似之间唯有如此才见意境和情趣了。

囊山是名副其实的"万石园"，在山谷、山峦、山冈之间，这些经典之石，如同藤上结瓜，又像连翘开花，一串串，点缀其间。囊山的同志告诉我，许多山石尚未开发出来，近又发现了许多象形石，如手石、大象石、木鱼石等，还有文殊岩、佛日山、古竹山、须弥台、伏虎石。有趣的是，站在山顶遥望远处，四周层峦叠嶂，无比苍劲壮丽，各景点亭亭伫立，那些"金鸡、金龟、玉兔、大象"，似乎正羽翼翻飞，袅娜摇动，风姿动人，如同一幅幅中国水墨山水画浮现在我的面前。在天幕下，登高望

囊山寺（陈碧钗 摄）

远，不知是石招风，还是风从石，耳边似乎传来不息的海涛奔腾般的声响，如同身在梦境。我们每个人都可以从这动与静、远与近、大与小中获得不同美的享受，这正是囊山石的神奇之所在。对于肖形的山石之类，我原本兴趣不大，认为当中难免含有人为的牵强附会，甚至有些格调不高的低俗类比，但囊山石头却大为不同，正如广为流传的一句佳话"囊山无俗石，个个似神工，随人意所识，万象在胸中"。你见到它，常会情不自禁地脱口而出给它命名，往往又是异口同声。

石头，记载着地球沧海桑田般的演变，有的幻化为瑰丽的丹霞，有的幻化为孤独的戈壁，有的又幻化为洋洋地质大观，不同的外表，讲述着不同的地球故事，而囊山石更多的是阳刚之美，又有点阴柔之妙，并且巧得稳重、奇得多姿，富有韵律，无论在云里雾中，还是阳光照耀下，都显出五彩纷呈又变化无穷的景象，漫步其间，挨得又是那么近，闻着石头的气息，似乎可听到山石的呼吸，只疑身在神仙天堂胜界，浑忘尘劳，给我的感觉是既熟悉又陌生，那么的神奇而神秘，似一本永远读不透的书。我回过头，主人告诉我："囊山石头其价值不但是稀缺的，而且是不可再生的，需要用心去感受。"

峋巇岩是不可再生的资源，现在涵江区政府对岩区进行了很好的保护，并做好了规划，做到开发与保护协调统一。我记得，曾在海南岛三亚看过郭沫若写的《游崖县鳌山》石刻，是郭沫若在点校《崖州志》时，读了宋代摩崖上题咏石船的诗，为石船所吸引，两度到三亚小洞天寻访而未见。据说三亚的石船自乾隆年间便不见踪影，直到1993年才被发现，原来石船被泥土和灌木丛埋藏得严严实实的，隐居了几百年才重见天日。自此小洞天旅游风景区的知名度大大提高，人们到三亚旅游，都要去看看这艘"船"，分享那"梦里寻她千百度，蓦然回首，那人却在灯火阑珊处"拔锚起航的快乐。我相信，在古囊峋巇尚未找到传说中的"降龙涧""半月池"也一定会被开发出来。

古囊峋巇被历史浸泡着，延续着他们的文化，有灵气、有生命、有文化、有品位，即便是走马观花，也足以令人如痴如醉，赏心悦目，让你流连、徜徉；让你惊叹、快意；让你尊重、关爱。有机会我还会来囊山村观石！

黑脸琵鹭回来了

□ 张　茜

　　木兰溪流到哆头，要入海了。它放慢脚步，仿佛要做些准备，仿佛在集结伙伴。于是，在海的边缘，溪水慢慢地掏挖出一个巨大的湾。月儿如同红娘，牵引海水一浪一浪奔涌上来，迎向这湾来自大山深处的清亮淡水。海水、淡水交融一体，养育生命，涵江人亲昵地称它为蓝色海湾。

　　一双黑脸琵鹭在空中俯瞰、盘旋，逐渐下降，平展羽翼调整着角度，渐渐收拢，成功落地于蓝色海湾滩涂上。这个滩涂太美了，它有个别名叫泥潭，也就是纯纯的泥层堆积，内里不含沙子。当地谚语讲：哆头蛏子，吃不到沙。

　　蓝色海湾是木兰溪日积月累仔细冲刷出的地盘，粗糙沙粒被它淘洗殆尽。一层层绵土，一天天叠加，筑就肥沃而细腻的滩涂。

　　这双黑脸琵鹭，保准是夫妻。它们遵循一夫一妻制，婚姻关系牢固而稳定，性情格外温和，不懂攻击为何事。经过长途飞行跋涉，终于到家，它们要在这儿筑巢育子。

在蓝天上，它们觅见了这湾绿洲，听说先辈们以前就在这里生活。

是的，这儿的确曾是黑脸琵鹭及其他水鸟、鱼、虾、贝类的家园，红树林的领地。今天，这些都回来了。涵江人为了恢复"鸟类宝贝"——黑脸琵鹭栖息地，先是整理污水排放，再是撤掉滩涂养殖、补种红树苗、设立人行休闲步道及高高的观鸟亭，营造出人与自然和谐相处、其乐融融的湿地公园。

黑脸琵鹭很是神奇，通体羽毛雪白，脸、喙、腿脚漆黑如墨，白黑强烈对比，引人产生无限遐想。当然，醒目的还是它的脸部和喙，从眼眶开始，到长长的琵琶型喙尖终止，一色的黑，黑得仿若上了油漆，因此得名黑脸琵鹭。它脸黑如包公暂且不说，琵琶形喙犹如两片响板，到了尾部修成两个圆圆勺头。无论在滑腻滩涂上挥勺采挖小蟹、小虫及小跳跳鱼，还是涉至浅水里捕鱼，动作节奏都堪比京剧舞台上的黑脸包公。黑脸琵鹭走在滩涂上，昂首挺胸，八字脚一步一滑，这多像包公在舞台上一手背后，一手抚髯，铿锵前行。黑脸琵鹭涉水捕鱼，脑袋持着琵琶喙左右移动，身子也随着节奏左右摇摆，像极包公演绎侦察断案。这世界万物，文明与自然，是如此环环相扣，彼此印证。

黑脸琵鹭因为对栖息地、繁殖地的过高要求，而导致种群数量下降，据20世纪90年代统计全球仅剩300只，自然进入濒危动物行列。

这双黑脸琵鹭随着先辈基因指引，飞回来了，似乎不怎么疲倦。它们好奇地观察着新家环境，彼此帮对方梳理羽毛，兴奋地咕咕歌唱，想必是感谢一望无际的碧绿红树林和种植红树林的人们。

　　午后阳光照在水面上，粼粼波光折射出道道光亮。黑脸琵鹭的琵琶喙上，也有着道道波纹印，那是它与水交手的纪念。千万棵红树苗子，按照各自所在位置，齐刷刷地立于薄水中。看得出来，它们很年幼，一米多高，但显然已经生根。我不解，在它们身旁我转悠了几个小时，它们和倒影始终保持着90°，似乎根系将树与影牢牢捆扎在一起。有些边角地方，遗留着原先的红树，那就高了，三米多，冠首华丽，枝条悬垂着密密的果实，状如茄子，应了树名秋茄。这些茄形果实，颜色碧绿，朝着水面的端头尖锐锋利，挨着果蒂的端头附着平衡器，造物如此巧妙设计，目的在于确保她的作品能够繁衍生息。秋茄瓜熟蒂落时，依照自己的装置，垂直插向滩涂。很短时间内，便生根发芽，又是一棵红树。

　　红树的外观颜色并不红，与普通绿树一致。只是，你若不小心弄伤它表皮，天机便会泄露。红树皮下饱含丹宁，丹宁可防腐，防腐用于保护它的种子茄果，随时跟着海水游动，游多久都行，一旦插入滩涂，就喷薄而出，变作一棵小树。我曾采回一个茄果，放在书桌上观察，一个月两个月，一年两年，它只是在时间抚摸下渐渐收缩、颜色变得更深，最后脱水变成干果，也没有腐烂。对着那枚茄果，我虔诚膜拜，敬畏造物的人类不可抵达的力量。

　　红树叶子卵形、厚实油亮，但却格外地脆，摘一片，对折，就生生地断了。我没有想出缘由。但它根系强大如王国。红树林的领地是海边滩涂，号称海岸卫士。有了红树林阵营的隔离抵挡，暴脾气海浪手脚再长，也难以拍打到海岸。当然，海啸、龙卷风等要除外。红树林搏斗海浪颇为有趣，表面上，它只是一片站立在海边滩涂上的树林。滩涂像个大迷宫，由着红树根系肆意生长，相互穿插、扭绑、缠绕，最后盘结成一整座红树林浮岛。但这浮岛深入于泥涂，任凭狂风巨浪摔打、淹没，都奈何不了它。风停了、浪息了、水退了，红树林仿若经历了一场沐浴，面貌焕然一新，摇曳于丽日光线中。

黑脸琵鹭飞回来了，冲着这片充满生机的红树林。

红树林的能力，营造出海洋生物的繁殖育幼乐园。退潮了，海浪只能原路返回大海。红树林犹如母亲般，树冠衔接，遮阳挡雨，足下滩涂生物，孩提般欢乐奔跑起来。这时，滩涂上布满孔洞，一个孔洞就是一只海洋生物的家。蝼蛄们全体出洞，密密麻麻，奔走相告，要举行午后"万人"活动吗？一只蝼蛄从洞里信步爬出，舞起两把小钳子急速赶去。一只跳跳鱼现身，没发现它

蓝色海湾——湿地公园（黄智三　摄）

从哪儿来。只见它慢慢游动，停在了一个小洞口，里边主人——一只小螃蟹听见动静，出来看看。跳跳鱼一动不动，青色皮肤与滩涂混淆，我紧盯着才能看清。似乎没啥情况，小螃蟹返回洞里，跳跳鱼很无奈，但它只青睐这只小螃蟹的家，并没打算离开，等在那里。突然间白鹭、黑嘴鸥、黄胸鹀、白腰杓鹬、大滨鹬、翻石鹬、阔嘴鹬、白胸翡翠等涉禽出现了，一起降临滩涂，蟛蜞"万人"会场顿时大乱，纷纷奔逃。

不慌不忙、悠悠地，这双黑脸琵鹭低飞旋舞，翩然而至。站定后，夫妻俩交颈拥抱，咕咕私语几声，开始采食。它们优雅地挥动嘴铲，翻泥土、挖小洞，间或飞到浅水里，搜索包抄小鱼，一连串动作美得像行为艺术，难怪人们称它黑面天使、黑面舞者。

再过些日子，它们就会举行仪式：戴上黄色冠羽、黄色项圈，昭示天地及其他生灵，我们要在蓝色海湾里筑巢产子了。

草堂春色

——记史学家郑樵与朱熹

□ 马照南

"斯堂也，本幽泉、怪石、长松、修竹、榛橡所丛会，与时风、夜月、轻烟、浮云、飞禽、走兽、樵薪所往来之地。溪西遗民，于其间为堂三间，覆茅以居焉。"

这是南宋史学家郑樵对夹漈草堂的经典描述。在这篇《草堂记》中，他自称"溪西遗民"。在这僻远寂静、人烟稀少，清幽绝尘，缥缈之至的草堂里编纂《通志》巨著。

古人结庐而居，称草堂，亦称草庐。草堂历来是出思想、出智慧、出巨著之所。三国诸葛亮在隆中茅庐"草堂春睡足"，谋划天下三分之策；杜甫避难川蜀，在成都郊区浣花溪畔的杜甫草堂写下"八月秋高风怒号，卷我屋上三重茅"的名诗流芳百世。

历经八九百年的夹漈草堂，今日又是何等景象？

我怀着敬仰的心情，踏访夹漈山，沿着新辟的山道，驱车上行。此时正是枇杷成长季节，涵江区新县镇是著名的枇杷产地，山谷山坡上，满是枇杷果林，果树上枇杷，都以小纸袋包裹，似朵朵花儿盛开。千树万树，一片一片，银装素裹，景色奇绝。车子转入一片密林山坳，不久停在郑樵纪念馆前。举目望去，几座古建筑错落有致，排列在小峡谷之中。纪念馆白墙红瓦、飞檐斗拱。馆名为赵朴初题写，字体苍劲圆润、古朴典雅。"夹漈遗迹""夹漈草堂"二块碑刻分列两边。草堂四周，岩石耸立，峰峦叠嶂，轻烟浮云，青松翠竹，古树山花，苍翠蓊郁；清泉流淌，鸟儿飞翔。夹漈胜迹，真是修身养性、读书写作的好地方啊！

郑樵（1104—1162年），世代书香，天资奇异。他童稚之年就爱看书，领悟力极强，读书过目不忘。他3岁开始识字，7岁能援笔作文，9岁通《五经》，有"神童"之称。其从兄郑厚，也聪明颖悟，学养深厚。乡亲们对兄弟二人，称赞有加。北宋末年，国家蒙难，靖康之耻，使郑樵郑厚爱国热血沸腾，接连两次联名上书，愿赴国难抗敌，但未得应有回应。报国无门的郑樵，不愿应试科举，而是立志"欲读古人之书，欲通百家之学，欲讨六艺之文"。他转而筑草堂隐居山中，刻苦钻研经学、礼乐学、文字学、天文学、地理学、动植物学等方面，著书千余卷。尤为可贵的是，郑樵《通志》中的《氏族略》《六书略》《七音略》《郡邑略》等《二十略》，为前人所无之新目。《二十略》凝聚了他毕生的学术探索心血，集中反映了他独创精神和求实创新学术观，体现出一位博通百科的史学大家的智慧和学养。郑樵居夹漈山，结庐隐居，谢绝人事，发愤著书立说近四十年，呕心沥血，最终完成200卷的宏著《通志》及其他大量著作。

从纪念馆上行，来到"草堂胜迹"。歇山顶，高低檐，已修建七八十年，没有一点灰尘与蛛网。草堂胜迹面阔五间，前后进，以天井相隔，天井边建二层阁楼，古朴浑厚，造型独特。正厅悬挂清末翰林张琴楹联：

三十年力学不下山，度量包罗天地；

五百部著书曾诣阙，精神贯彻古今。

高度评价郑樵孤守草堂刻苦写作的伟大贡献和崇高风范。还有朱熹的联句：

鸢飞月窟地；

鱼跃海中天。

纪念馆外是郑樵洗砚池。

洗砚池龙嘴清泉汩汩，使人联想当年郑樵在此磨墨洗砚，写下不朽巨著，心中充满敬意。水池绿荫遮蔽，池中流水淙淙。小道边方竹林，是当年郑樵接待朱熹之处，两位大学者在此交流心得，探讨学术。

如果说，郑樵和朱熹会面，也是一次"会讲"（论道），朱熹学术历史上应该有三次著名的"会讲"。一次是乾道三年（1167年）岳麓书院的"朱张会讲"。朱熹张轼"二先生论《中庸》之义，三日夜而不能合"。他们讨论哲学中的中和说、太极说、知行说、仁说等。一次是淳熙二年（1175年）江西的"鹅湖之会"，朱熹与陆九龄、陆九渊兄弟就认识的来源等问题展开了激烈的辩论。朱熹认为，世间万物皆有理，应该多读书、多观察、多分析，格物致知；陆九龄、陆九渊兄弟主张"心即理"，"宇宙便是吾心，吾心即是宇宙"，这场论战亦持续三天。如果从时间看，朱熹与郑樵的会讲，应该是最早的。当年郑樵近50岁，此前已将自己140卷著作向朝廷进献，得到肯定。朱熹时年22岁，三年前一举中考进士，属青年学术才俊。

郑樵和朱熹会面，是一种机缘。宋绍兴二十一年（1152年），朱熹从居所崇安五夫赴同安上任，路经建州、延平、闽清、福州来到莆田湘溪。他看到湘溪流水，是从东往西而流，如同人才辈出的家乡政和县，便寻思此山或有贵人居住。他打探是郑樵在山

夹漈草堂（范将 摄）

中著书，便不顾路途劳顿，沿着山路，来到夹漈草堂。

夹漈24景之一的"下马石"，相传就是朱熹当年因为敬仰郑樵，在拜访郑樵临近草堂时，特意下马步行的起点。

郑樵、朱熹都是南宋前期活跃在福建乃至全国学术前沿的两位著名人物，郑樵以史学出名，朱熹传承父辈师辈的理学。两位学者相聚，谈古论今，朱熹取出不久前完成的《诸家礼考编》，请郑樵指正。郑樵恭敬地接过，即刻阅读，并提出了建议。两人志趣相投，推心置腹，相见恨晚，他们的会讲，也成就了中国史学史、文学史的一段佳话。

当天，吃饭时，郑樵端上白姜、白豆腐、白盐、白荞头，幽默地说这是"四白"。朱熹很高兴，吃得津津有味，说是"山珍海味"。这个掌故，被后人誉为君子之交淡如水的典范。

朱熹和郑樵的会讲，集中在史学会通思想，史学和学问的来源，以及《诗经》民歌性质等问题。

朱熹和郑樵都赞同会通思想。郑樵认为"会天下之理，通古今之道"，他把自然界、社会和思维发展规律看作统一的体系，历史不可分割。他全面分析各种历史资料，分门别类，考其发展源流，探其因果，特别是事物发生的起因、过程、结果、影响。朱熹融会贯通孔子之后思想学术文化之大成，融儒、佛、道于一体，构建了"致广大、尽精微、综罗百代"的学术思想体系。

朱熹和郑樵都非常重视理论来自实践，从民众中汲取智慧和力量。郑樵不仅学习书本知识，还把眼光放到自然界。他深入山间田野，拜农夫为师。他"游名山大川，搜集访古，遇藏书家必留，读尽乃去"。明代陈循称赞："惟有莆田郑夹漈，读尽天

夹漈草堂郑樵像（范将　摄）

下八分书。"郑樵 "风晨雪夜，执笔不休，厨无烟火，而诵声不绝，积日积月，一篑不亏" 。 更为可贵的是，郑樵以"山林穷儒"的身份，首先提出向劳动人民和社会实践学习、"诗书可信，然不必字字都信"的重要论述。他游历四方，搜集资料，反复整理考证。他完全靠坚忍不拔的毅力有所建树。朱熹自幼丧父，孤苦伶仃，靠着勤奋好学，考中进士。他奋发读书，深刻领悟孔子思想，特别是他创造性阐释"格物致知"学说。

朱熹与郑樵在《诗经》的认识与理解方面高度吻合，作为最早的诗歌总集《诗经》，由于孔子曾将它用作教材，被列入儒家经典。郑樵不但把自己钻研的《诗》学传授给他，还把《诗辩妄》书稿赠给他。朱熹对郑樵精辟的见解赞叹不已。朱熹的贡献在于他与郑樵会讲中，拨清了千余年来笼罩在《诗经》上的经学迷雾，确定了诗经民歌的性质，为后人正确地认识《诗经》奠定良好的基础。郑樵作《诗传》《诗辨妄》，晚年朱熹作《诗集传》《诗序辨说》，继承弘扬郑樵《诗》学的创新观点。

朱子继承弘扬孔子思想，被誉为圣人；杜甫在浣花溪畔居住四年，写下240首诗歌，体现了深沉的家国情怀，被誉为"诗圣"；郑樵撰写《通志》，为"文献名邦"增添光彩。

仰望夹漈山，仿佛郑樵先生还在山林通幽的草堂里翻阅卷帙，握管疾书。"云礽会梧竹，山斗盛文章"！而年轻学子朱熹，正和夹漈公屈腿盘坐，侃侃论道。夜窗幽灯，两位古代大师，正走向今日美丽的春天……

清朝御史第一人

□ 施晓宇

2021年12月30日晚，第八届福建艺术节在福州闭幕，由莆仙戏剧院上演的莆仙大戏《御史江春霖》，荣获福建省第28届戏剧会演剧本征文一等奖，让我知道了有"清朝御史第一人"美誉的江春霖。全剧再现了江春霖在短短六年的御史生涯中，敢于揭露庆亲王奕劻、军机大臣袁世凯等当朝权贵的恶行，"直声震天下"的感人故事。

2023年3月9日上午，我在福建农林大学兽医专业毕业的挂职村支书赵荔娟的陪同下，到访距离莆田市涵江区政府22千米的萩芦镇梅洋村。在坐落于山坳中的产茶胜地梅洋村村头，我看见了铁骨铮铮的江春霖全身雕像，继而走进了"江春霖御史故居"。

首先映入我眼帘的，是江春霖曾祖父江奋銮于清嘉庆年间始建的故居大门上，有一副言简意赅的醒目对联："源从济水，派衍淮阳。"此前大门的对联亦曾写作："醴陵世第，济郡名家。"两副对联无不彰显了江春霖祖上乃自河南省固始县衍派而来的源流。这一点，得到了村民江瑞坎的证实。1955年出生的江瑞坎在1980年出生的村主任江瑞年家中告诉我：江春霖的曾祖父江奋銮一共生有八个儿子。也就是说，江春霖的祖父江文波一共有八个兄弟。江春霖是江春霖祖父八个兄弟中排行老五江文波的孙子，江瑞坎则是江春霖祖父八个兄弟中排行老四的后代，比江春霖小五辈。梅洋村现有750个村民，尚有150人在村里，大多数都姓江，而江瑞坎和江瑞年是堂兄弟。

光绪十一年（1855年），江春霖出生于梅洋村祖屋。曾祖父江奋銮、祖父江文波都是县学生员，父亲江希濂于1865年中庠生。因为有良好的家风熏陶，江春霖在20岁时也成为县学生员，并且连续六年在年考中获得五次第一名。

光绪十七年（1891年），36岁的江春霖考中举人。他更加立志科举，期望当一个恪尽职守、为民请命的谏官。

光绪二十年（1894年），39岁的江春霖中甲午恩科进士，任翰林院检讨。同年，乾隆皇帝爱新觉罗·弘历的曾孙爱新觉罗·奕劻（慈禧妹夫），因慈禧太后花甲大寿，被封为庆亲王——也是后来唯一的铁帽子王。

光绪三十年（1904年），49岁的江春霖以第一名的优异成绩考取御史台，出任江南道监察御史，不久改任新疆道监察御史，终于得偿心愿——后又任辽沈、河南、四川诸道监察御史。江春霖当上监察御史不久，就查明御史台陆宝忠钳制科道，又犯烟禁，吸食鸦片，两个月内两次上书弹劾，硬是把这个顶头上司赶下了台，一时名噪京都，连慈禧太后也很快记住了江春霖的名字。因为江春霖胆敢犯颜直谏，劝慈禧太后不要使用洋人的胭脂花粉，因为里头有毒素。

光绪三十二年（1906年）八月，在新疆道监察御史任上，江春霖奉命复查新疆功臣、已故提督刘廷家庭纠纷案。他发现新疆大臣颠倒黑白，胡乱判案，致使功臣刘廷深厚宗祀断绝。于是江春霖深入民间调查曲直，搜集大量证据，据理力争，使刘廷冤案得到昭雪，贪官污吏受到惩罚。

江春霖还不畏权贵，敢于直言，曾先后八次上书弹劾直隶总督兼军机大臣袁世凯。

光绪三十四年九月初九日（1908年10月3日），有感于袁世凯50岁寿辰将临，前往祝寿送礼的官员堵塞门庭，袁世凯的权势如日中天，江春霖向慈禧太后和光绪皇帝上《劾军机大臣袁世凯权势太重疏》，列举了袁世凯的12条罪状，建议为国家和袁世凯家族计，必须对袁世凯的权势加以裁抑。后又上《请罢黜袁世凯党羽疏》，要求剪除袁世凯的众多党羽。

宣统元年七月十三日（1909年8月28日），在1908年11月14日光绪皇帝去世、次日慈禧太后去世后不久，为国家稳定计，江春霖上《劾洵、涛二贝勒疏》。

宣统二年（1910年）正月，江春霖又上《劾庆亲王老奸窃位，多引匪人疏》。指出清廷：

非特简忠良，严杜滥进，不足挽危局而赞大欲。

这次江春霖上疏的直接原因是军机大臣戴鸿慈出缺，江春霖深恐晚清首任内阁总理大臣奕劻会以首撰之地位："荐引私人，或误用老迈庸儒者充数伴食。"江春霖认为，假设这样的结果成为事实，"大局之坏，何堪设想"。为此，江春霖先后七次上

江春霖故居（李翔　摄）

奏疏章，弹劾"晚清第一巨贪"庆亲王奕劻等王公贵戚，无私无畏。江春霖在六年御史任上，共上奏本七十多份，大胆剖奸揭恶，为民请缨，为民除害，深得朝野敬重。共弹劾亲贵、权臣、疆吏、军机大臣、尚书、总督、巡抚直至御史台等职者15人。譬如江春霖在《劾庆亲王老奸窃位，多引匪人疏》中，主要弹劾庆亲王奕劻父子网罗私党：

污名嫁于他人，而己阴收其利，被劫则力为弥缝，见缺又荐引填补。

江春霖同时在弹劾中披露：江苏巡抚宝棻、陕西巡抚恩寿、山东巡抚孙宝琦为奕劻亲家，山西布政使志森为其侄婿，浙江盐运使衡吉为其府内旧人，直隶总督陈夔龙为其干女婿，安徽巡抚朱家宝之子朱纶为载振的干儿子，载振则与袁世凯结拜兄弟。所以江春霖在上疏最后，吁请朝廷：揽天下才，极一时选，不论官阶崇卑，是否现任，破格擢用，俾效赞襄。

这就得罪了庆亲王奕劻父子及王公贵戚，加上1838年出生的庆亲王爱新觉罗·奕劻与1883年出生的摄政王爱新觉罗·载沣是叔侄关系，所以载沣极力袒护奕劻，在上谕中称:亲贵重臣，固不应任意低诬，即内外大臣名誉所关，亦不当轻于污蔑。

故以江春霖"毛举细故""养言乱政，有妨大局"，令江春霖回原衙门行走，最后降职词馆，以示惩戒。为此，先有御史陈田、赵炳麟、胡思敬等奏请朝廷收回成命，摄政王载沣置之不理。后有御史全台激愤，都察院５８人联名上疏请愿纠正。摄政王载沣等依然不肯纠错。宣统二年(1910年)夏，江春霖愤而辞职，奉母归籍，不屑为官。

这里需要补充说一说江春霖与于右任的关系。宣统元年(1909年)，国民党元老于右任原是清末一名举人，青年时对晚清腐败统治不满，秘密参加孙中山领导的民主活动，这一年在上海创办《神州日报》，积极宣传革命，不幸被捕入狱。陕西某道台程淯与于右任是好友，到狱中探望于右任时，得知拘捕于右任的上海道台蔡乃煌贪污渎职、声名狼藉。程淯马上搜集蔡乃煌贪污渎职的确切罪证，专程上京交给江春霖。明辨是非的江春霖逐一核实后，立即上书参劾蔡乃煌。不久蔡乃煌即被革职，于右任无罪释放。于右任十分感激江春霖的救命之恩，更敬仰他不畏强权的高贵品德，进而对地灵人杰的福建莆田也情有独钟，专门送两个女儿到莆田求学。

1925年，国民党中央执行委员于右任为江春霖遗照题词:松柏之坚，姜桂之辛，是皆难老之征，以寿我天民。

1926年，于右任担任国民政府审计院和监察院院长后，又为江春霖遗著《梅阳山人诗文集》作序。

江春霖在北京为官期间，母亲、夫人杨氏和弟弟全家仍留在深山里的梅洋村老家，过着艰苦的农村生活，导致夫人杨氏早早病逝家中。江春霖痛悼不能归，特地寄上亲笔挽联，以致哀思:

三十年景短情长，前执教，后宦游，魂梦关山频隔绝;

六千里生离死别，疾不知，殓未视，心肠铁石也悲伤!

从此，江春霖终身不娶。有一个同乡高官涉嫌一件贪污案，担心受审，他想起江春霖丧妻未娶，花高价买了一个美女，一定要送给江春霖续弦，遭到江春霖的愤然拒绝。

回归故里的江春霖，在出生地梅洋村，坚持一不置田产，二不盖新房，三不养奴婢，依旧保持书生本色。他借《咏水仙花》诗言志:

雪貌冰姿冷不侵，早将白水自明心。

任教移向金盆里，半点尘埃未许侵。

同时，江春霖积极主修梧塘古海堤、募建萩芦溪大桥、修复萩芦古驿道，造福一方，万人称颂。

1918年，江春霖在梅洋村老家病逝，享年64岁。末代皇帝溥仪的老师陈宝琛敬送挽联云：

七上弹章，惟有故臣悲故国；

十年归养，那堪贤母哭贤儿!

江春霖墓葬位于梅洋村南附近的东山上。乡亲们个个敬重这位乡贤——"清朝御史第一人"。

方家大厝三问

□ 戎章榕

兴化大地上散落着千百座深沉而独特的红砖古厝，是莆田人对生活的美好祈愿，也是兴化文化中一个独特的符号，更是无数游子魂牵梦萦的乡愁。

作为"福建省历史文化名镇"的莆田市涵江区梧塘镇，其标志很大程度上得益于古厝，故有"古厝里的梧塘"对外宣传，方家大厝只是其中最具代表性的一座。慕名到访，遂产生三个疑问：为什么被号称"莆田民间第一厝"？为什么楼上长廊的装饰彩绘是杭州"西湖十景"？为什么央视四套拍摄的《木雕的传奇》会将此作为重点？

旅游的要义是开阔视野、提高认知。认知来自见识，见识出于疑问。解开这三个疑问，也就明了闽南古厝的共性与方家大厝的特质，也就明了涵江历史沿革和传统工艺，甚至莆商精神的起源。

　　方家大厝位于梧塘镇九峰村,又名"方凤宝厝"。这是方氏三兄弟方秋香、方焕赞、方文寿为纪念在福州经营方凤宝百货纱布店的父亲而得名。之所以远近出名以拙见主要有三:

　　第一是占地大。方家大厝坐北朝南,房屋建筑总长约58米,宽约15米,高约14米,占地总面积约4700平方米。兴化古厝形似殿宇,富丽堂皇以"官式大厝"为主,故又名"皇宫起"。方家大厝秉承这一传统,不仅壮观,而且有所变化。一般兴化古厝根据开间大小,民间普遍称呼这种合院建筑为三间张和五间张,其按进深大小可分为"一进""二进""三进""四进""五进"五种。而方家大厝不以进深,而是横向排列见长,大厝共有两层半,双层七间厢加护厝:正中正心厝为三开间四目厅,两边依次为厢厅、重厢厅;重厢厅与护厝之间隔一条弄道,其前后建成闲头,中间形成竖长方形的天井,两座护厝也是四目厅双层,其北向加高为龙虎楼,共计93间。

　　第二是建造久。方家大厝1940年开始建造,当时花了3000万大洋,平均每天有60多个工人来建造,前后近三年才竣工。屋前宽阔的坪地上有一口古井,八角形石井圈上刻有大厝建造的时间:1941年冬立。镇宣委郭陈新领我观赏正厝前廊的两根长10.7米、直径0.44米的顶梁柱,一柱从一楼穿过二楼的走廊直顶房梁,让人感叹不已!据介绍这是从仙游山区采购的原始林木,每根包括运费就得花费上千银圆。

　　第三是有特色。方家大厝既保留了兴化古厝的共性,如屋顶上的燕尾脊，在脊线的两端翘向天际，洋溢着一副展翅欲飞的生气。这固然有盼望游子回归的寓意，也传达了莆田人重土恋家的情结。在外打拼，赚了点钱，首先想到回家乡盖房子，当地人叫"起厝"，"赚大钱，起大厝"是莆田人传统的信念，于是，一座座富丽堂皇的红砖大厝拔地而起。方家大厝又具地域特色之处，譬如外墙是红砖砌成，沿用又有改造后的"出砖入石"的表现手法；底层是兴化古厝少见的裙裾状基墙，使之更加坚固。屋顶采用五段脊悬山式高低檐交衔，呈中间高、两边低，并堆叠着向两边延伸翘起的态势，如大鹏展翅。房屋两端为燕尾脊重檐歇山顶的龙虎楼，整体姿态显得既轻巧又稳重，曲线灵动优美。

基于此，"莆田民间第一厝"名副其实，2013年将它列入福建省第一批城乡近现代优秀建筑名录。

二

走进方家大厝，仿佛进入一座艺术殿堂。木雕、石雕、绘画、书法，集各类艺术于一身；浮雕、透雕、圆雕、平雕，展各种手法于一楼。

但我却对楼上长廊装饰的杭州西湖十景彩绘产生疑问，为什么是"西湖十景"？

众所周知，莆田新旧24景，其中白塘秋月、锦江春色、夹漈草堂、雁阵归舟、古囊峺巘、望江竹浪、永兴画璋等多个景点在涵江。这些景点，哪一处不是绝佳风景？为何舍近求远？九峰村被村里人戏称地处"东三省"，即梧塘镇东边，国欢镇南边，秋

方风宝故居（陈碧钗　摄）

芦镇北边，区位决定它是穷乡僻壤，何以起有富丽堂皇的民国大厝？何以知晓杭州名胜"西湖十景"？

这得从涵江历史说起。涵江拓于唐，立于宋，兴于明，自古商贾云集，人文鼎盛，是千年古镇，曾是福建四大重镇之一，有"小上海"之美称。明朝文人王伟有诗为证："涵江自昔繁华地，桑柘连荫百余里。笙歌摇曳树底闻，甲第巍峨空中起。"

"甲第巍峨"，是从外观上看；"西湖十景"，得从内部中瞧，二者都足以显示出造屋者的眼光与格局。

　　九峰村历史上穷，但穷则思变，方家祖先什么时候背井离乡闯江湖，无据可考。村干部说，先是往闽北谋生，以贸易赚取差价。"富从俭起"，勤俭持家，生意越做越大，开始向城市经营。据《梧塘镇志》记载，先是在福州开设义成办货庄，后在商号冠姓，开方义成百货纱布店，并把眼光、足迹投向江浙沪方面发展，在上海开设方德成申庄。在九峰镇出省经商的仅此两家。已成富商的方文寿等人，见识过江浙民间建筑，领略过江浙文化。方家大厝是逢木必雕，遇石必刻，无所不尽其极，尽显豪华与匠心。仅这一点不难看出是深受江浙民居精雕细琢的影响。涵江"小上海"固然是指繁盛的贸易景象，亦不乏江浙文化的元素。

　　第一代、第二代甚至第三代的涵江人外出打拼，没有多少文化，但待他们有了一定基业，不只是起厝，对文化也有追求。与方家大厝几乎同时建造的、由众商募建的私立峰山小学，是梧塘江口的第一座私立小学，故有"莆田有麟峰，梧塘有九峰"之誉。

　　方家三兄弟在起厝时，同样出于文化的敬重，聘请莆田"末科进士"张琴题书作画足以为证。张琴者，诗书画印，艺称四绝。"西湖十景"是不是富商方文寿的授意而作不得而知，但方文寿与张琴想必都是见过世面的人，西湖美景，闻名遐迩，不在画的是什么，而在于想要表达的是什么。

　　此外，"千古文章传圣道，一堂孝友乐天伦""东壁图书、西园翰墨；南华秋实、北苑春风"等诗句和笔墨皆出张琴之手，使得方家大厝诗情悠然、画意盎然。

三

莆田木雕有着近千年的历史，装饰建筑，始于唐代，以造型优美、工艺精湛，尤以立体圆雕、精微细雕、三重透雕等传统工艺闻名于世。

2004年央视4套"走遍中国·走进莆田"《木雕的传奇》专题节目中，为什么将"九峰木雕民居"（主要是方家大厝）占据不少的特写镜头？

问及缘由，遥想当年，为了将老家的房子盖得尽善尽美，方家兄弟不惜一切代价，专门举行了木雕技艺擂台赛，胜者才能揽下房子的木雕制作工程。

20世纪40年代初，方家起厝特邀涵江"黄氏木雕世家"第四代传人黄丹桂出任，又视他年轻（时年25岁）不太放心，就组织他与外乡的一位名匠打擂台，一试雕艺之高低。比试结果黄丹桂胜出，不仅承接方家大厝的活儿，按照行规，从此九峰村的木雕活就全由"黄丹桂匠队"包揽。由此，九峰村才成为迄今尚存20多幢的古民居村落。

方家三兄弟的尊重和礼待，使黄丹桂倍受感动，精心设计，尽力施艺。飞檐之下、梁柱之间、门窗之中，就连不起眼楼梯的木扶手和木门槛，都精心雕刻着人物花鸟吉祥图案，栩栩如生，特别是栱柱栱孔采用透雕连拱形成整体装饰效果，令人叹为观止。黄丹桂不仅把活儿做细做好，而且不惜贴本，把主人没有要求装饰的许多部位，如"龙虎楼"房顶翘角各垂一个倒吊花篮的柱体上竟插雕多组翼饰，让人动感。因为方氏大厝的木雕太精美了，历经战乱，有些精彩雕件已被撬窃盗卖，残缺不全。村民们见状后于心不忍，或以家中神龛设置，或将檩桷的木雕美构拆藏，每逢春节、元宵时才重新复位，以供宾客欣赏。正是村民的自发保护之举，才使得方家大厝幸运地相对完好地保存了下来，才赢得央视4套《木雕的传奇》专题片编导的格外垂青。

如今的九峰村，也因此而成为莆田市"工美旅游观光"的一个重要旅行目的地。

小南洋，大世界

□ 黄锦萍

　　一座小村庄，一片老洋房，一棵秋枫树，一条蒜溪流……这是我对涵江江口镇东大村的最初印象。

　　这座叫东大村的村庄，素有"福泉古驿道，入莆第一村"之称，是典型华侨村。十里蒜溪傍村流，千年古驿道穿村过，描绘的就是东大村景观。穿越1000多年前的星空，翻开莆仙厚重的史册，2000多位进士北上进京赶考、南下金榜驰报、荣归故里，都在这条古驿道上留下印记。福莆岭不过四五里，但这里有明代状元周如磐"武当别院"的题词；有纪念闽王赐名翁承赞故里的"光贤亭"；有朱熹结庐讲学的"草堂山"遗址；还有"紫阳朱先生书院"的碑刻。一条古驿道连接着千年历史，透过小村庄，我仿佛听到历史的足音。

　　村里无处不在的南洋风情与红砖建筑群交相辉映，见证着这里的沧海桑田。村委会副主任姚志华指着一栋栋老洋房告诉我，老侨宅所用的建筑材料大多是从南洋运送回乡的，建造时融入莆仙特色和南洋美学，这让东大村有了"小南洋"的美誉，很多人就冲着看"老洋房"到东大村来，使东大村声名鹊起。这些建于20世纪三四十年代的南洋老建筑，至今保存完好的有38处，120间厝、姚五哥六角亭厝、文德楼、厝利楼、墩楼等一批建筑，将东南亚、欧式建筑风格与莆仙本土老建筑融为一体，东西合璧，洋为中用，相得益彰，各领风骚，一片记载着侨乡变迁的活态文物建筑群从此诞生。当你以"开眼看世界"的视觉，观赏这些老洋房时，眼前不禁浮现出百年前穷苦村民为了生计，下南洋谋生活的悲壮场面。

我曾经在影视纪录片中见过"下南洋"的场景：从明朝到民国这段历史时期，国内战乱不断，民不聊生。闽粤一带人多地少，老百姓穷困潦倒。为了谋生计，求生存，改变个人或家族命运，躲避战乱，闽粤地区老百姓前赴后继地下南洋谋生。大量华人涌入东南亚后，对当地的生产、生活以及经济建设，都产生了巨大影响。许多华人在侨居国从事商业活动，负责管理海外贸易，收购当地土特产，销售该国货物，从而形成了一个沟通中国与海外贸易的商业网络。还有相当一部分华人从事手工业，烤面包师、裁缝、鞋匠、金匠、银匠、雕刻师、锁匠、画家、泥水匠、织工，几乎无所不包，也有一些从事农业、园艺和渔业的华侨。东大村民自古以农耕为主，地瘠民贫。从1892年开始，当地村民为改变命运，背井离乡，冒险远赴南洋，在异国他乡白手起家，艰苦创业，通过同乡之间相互提携帮助，逐渐发展壮大，成就了一部部商业传奇。

下南洋以命相搏，赚了钱光宗耀祖。他们不断创造财富、积累财富，回乡盖大厝成为衣锦还乡的村民最直接的呈现方式。我在老洋房的华侨博物馆里看见装水泥的大木桶，当时国内还不会生产水泥，姚志华指着又高又大的木桶说，一木桶可以装二百斤洋灰，盖洋房的大量洋灰、钢筋、瓷砖等建材，都是从国外一船一船运回来的。据统计，当时建造的房屋有30多座。而那时全村户数不过50多户，这意味着建房户数超过60%。东源以姚、卢两大姓为主，兼以其他少数姓氏。第一座华侨民居是姚为祺故居，其次便是姚裕宝姚裕成昆仲大厝。传统民居以姚丰隆大厝为代表，中西合璧民居以文德楼为代表。这些中式为体，西式为用的老建筑，迄今已有七八十年的历史。岁月把南洋风情刻进了白墙黛瓦，也将下南洋华侨的拼搏奋斗故事写进了历史。如今，东源华侨的后裔依然遍布印度尼西亚各地，有两三万人之众，大大超过了在家乡的居民。

赓续历史文脉，弘扬侨乡文化，赋能乡村振兴。围绕着推进"活化利用蒜溪南洋古厝"项目，东大村已将五哥六角亭开辟为民俗馆；姚为祺故居开辟为家风家训馆；玉秋楼开辟为文创基地；堞楼开辟为手工体验馆……这些馆的开辟，促进了文旅融合发展，完善了基础设施和乡村景观，村民的获得感、幸福感显著增强。

当老洋房刷新乡村振兴的版图，沉寂多年的古村落顿时鲜活起来。"迎仙驿"青年旅舍整装登场，古时候这里是莆田境内第一驿"迎仙驿"地界，现如今修缮成青年旅舍，都是历代学子的停驻之地，都可延续劝学好学的耕读之风，这里正是拓展文旅和研学项目的理想之地。青年旅舍建筑面积308平方米，共2层6个

东大村——南洋风格古民居（黄智三　摄）

房间。外观是蓝色屋顶、红砖白墙的小洋楼，楼内则是适合旅行者居住的酒店式公寓。我登楼参观，这里已经具备接待能力，宽敞明亮的房间，标准化的配置，随时准备迎接观光客的到来。

姚为祺为东源抵达南洋第一人，他的故居成为"廉善传家"的侨乡家风家训馆。"赤子荣光，因家风传承，铸就辉煌。侨邑繁华，归廉善遗风，别具特色。家训鉴明，乃知行合一，止于至善……"走进家风家训馆，一篇文采飞扬的《廉善传家赋》将中华民族的传统美德诠释得淋漓尽致。馆内记载和阐述了李氏、黄氏、何氏、陈氏等江口镇多个华侨家族的家规家训。好家训带来好家风，好家风形成好民风，侨乡独特的文化和华侨精神根植于家规祖训。

由"文协楼"改造的华侨纪念馆以"十里蒜溪景，百年南洋风，千载驿道情"为主题，展现当地厚重的"侨史""侨心"和"侨情"。始建于1930年的"文协楼"，是一座中西合璧的三合院。镶嵌在墙体的"洋瓷砖"，历经近百年沧桑，色彩依然光鲜夺目。门墙彩绘的"风狮爷"生动传神，寄托着人们对平安下南洋的美好祝愿。通过图片展示、场景还原、全息影像等方式，全面展示华侨奋斗史、发展史、贡献史以及爱国爱乡情怀，游客不仅能观摩，还能沉浸式游玩、互动和体验。

东大村古民居是莆田文化与南洋文化的生动结合，徜徉在各具特色的洋楼里，满眼都是浓烈的色彩和异国风情。或陶醉在莆仙文化的底蕴之中，厅堂里依稀传来古老的莆仙戏演绎着人世间的悲欢离合；或身临东南亚的椰风蕉雨中，感受着思乡心切的老华侨，一边与家人围在一起吃自家煮的江口卤面，一边絮絮叨叨地给儿孙们讲小时候的家乡往事，这些看不见的场景，以老洋楼的方式，活生生地还原在我们面前，这就是老华侨留在家乡的根啊！

依托蒜溪沿岸的锦绣风光，村中南洋风情的古建筑群以及承载着千年历史的福莆古驿道，被打造成莆田市乡村旅游品牌。姚志华介绍说，东大村利用独特的侨乡文化、生态景观和农业资源，发展生态农业、农产品初加工、休闲旅游、科普研学等，促进一二三产业融合发展。东大村还引进专业团队，对村内旅游资源进行整合和运营，增加村民就业和村集体收入。同时对村庄进行美化、绿化、亮化，兴建26个口袋花园，50户美丽庭院，20处美丽微景观。种植的向日葵花田十多万株，成为游客热门打卡地。修建了沥青混凝土道路，设计了旅游路，制作了旅游标识标牌。东大村还委托九略瑞翼团队驻村，提炼侨乡文化，构建东大IP，打造示范空间，以文化振兴为切入点，发展南洋特色，传播侨乡文化，弘扬先贤品德，唤醒东大乡魂。东大村被评为全国乡村治理示范村、乡村振兴省级试点村、省级传统村落，实至名归。

在村委会附近，一幅巨大的墙绘吸引了我的眼球，这是一幅以"风狮爷"为主体的墙绘画。风狮爷是一种汉族民间风俗，用来替人、家宅、村落避邪镇煞，其造型由庙宇门口的石狮形象演变而来，寄托了民间老百姓祛邪、避灾、祈福的美好愿望。从百年老洋房中提取的"风狮爷"作为文创产品IP主推的形象标志，得到了村民的认可，同时还将老建筑以及依附其间的各式神兽、纹饰、花砖、门楣题刻等元素，通过专业视觉设计，转化成乡村文化IP素材库。目前正开展文化IP产品形象的推介和应用，推动文化资源向文化资产转化，赋能乡村振兴。

姚志华特意带我去看一棵有着500年树龄的"风水树"。这棵秋枫树最奇特的是，树的根部长着层层叠叠巨大的树瘤，仔细一看仿佛像一只跃跃欲试的雄狮，村里人骄傲地称它为"高山头"。但姚志华有更好的解释，他说这棵树代表着老华侨的心，身在异国他乡，心永远都留在东大村。

走进"东岳观"

□ 郭大卫

在百花盛开、万物复苏的癸卯春分时节,我来到兴化湾西端、萩芦溪入海处的江口古镇东岳观采风。地理位置特殊的江口,毗邻福清,照应莆田、仙游,因此,坐落在江口这座驰名中外的道教圣地,被人们管叫"福莆仙东岳观"。

从仪门进入大殿广场,前面矗立着一对如同天安门前华表一样的建筑物,那立地顶天、庄严肃穆象征着宫殿诸神之威严,充满着中国传统文化至尊至贵的气质和神韵。

仰首张望,那飞檐翘角之黄金色琉璃瓦,在阳光的照耀下显得熠熠生辉。精美的石雕、瓦雕形象逼真,碧瓦朱甍,金碧辉煌,令人心醉魂迷。那精雕细琢的花岗岩垒砌的门及柱,镶嵌着黄金材料的书法楹联,"观历千秋德居仁圣,功垂万世爵与天齐。"道出东岳观奉祀神祇的历史人文与主旨思想。

进入仪门右拐,坐北朝南的三进古老宫殿就是有名的东岳观。联语佐证,其内涵既深刻又富含真谛。"东岳行宫宏道观,泰山分镇峥名邦""五岳独尊自古崇泰岱,千年圣地重修焕锦江",详细告知人们此观乃为泰山分灵圣地。吾华夏之代称"五岳",人文厚重,历史悠久。史载:尧帝时,任命牺和氏四子分管四岳,牺仲为东岳长官,牺叔为西岳长官,和仲为南岳长官,和叔为北岳长官,而中岳历来归天子直接管辖。众所周知,泰山为五岳之首,号称"天下第一山"。故之,巍峨的泰山相伴着上下五千年的华夏文明传承历史,乃集神州兴盛、民族存亡象征于一身,被人视为"直通帝座"的天堂,成为九州百姓崇拜、帝王告祭的神山!然而,有一则传说古往今来影响着华夏生灵。说是泰山神,又名东岳大帝主管世间一切,成为历代帝王受命于天、治理天下的保护神。久而久之,亦成为汉族人民心中神明而加以顶礼膜拜,备受历代帝王的尊崇倍加朝拜,多次褒封,抑或尊称为"天齐注生仁圣帝"……荣耀于炎黄子孙。

那么为何如许高端的神明落座在福莆仙这地方?这里有一则神奇的故事。

相传,北宋初期,仙游游洋乡绅林居裔率万余名民众反抗时任泉漳节度使陈洪进苛捐杂税,攻占了仙游和莆田二城,随而再度发兵围攻泉州郡城,结果失败后退居游洋。其间,陈氏幕僚陈靖、陈应功前往福州,请福建转运使杨克让举兵前往游洋镇压林居裔义兵。其时,杨克让带兵路经莆田,这些北方将士身上都怀装着泰山东岳观之泰山神"符袋",经过江口宿营在一座土地庙里。将士们唯恐秽渎神明,夜间将"符袋"挂在庙内香炉上。翌晨队伍出发,遗留一袋在土地庙。遂乡贤见到这泰山神"符袋",满以为这泰山神就是此土地庙的神祇!于是点香燃烛,膜拜有加。此后这座土地庙神灵显赫，令乡人笃信不疑。元朝，乡贤为了感念泰山神祇的灵验鸿恩，结队往泰山岳庙割火分灵。这就是东岳观神灵的由来，成为福莆仙众信徒奉祀注生大帝的祖庙。

"灵昭泰岳光四海，威镇锦江耀千秋"。多少年来，殿堂里灯火辉煌，香火蒸腾。庙宇间，清代著名书法家、礼部右侍郎郭尚先题写的一副楹联清晰可辨："风雨八纮来日观，壶华双易觐天齐"，道出了东岳观诞生于风景秀丽的锦江，惠泽庶民的弥天功利。两边庑廊间，依次排列着玄冥宫、普明宫、纣绝宫、太和宫、纠伦宫、明晨宫、神华宫、碧真宫、七非宫、肃英宫等十座殿宇。左右旁分别奉祀福德正神及观音菩萨神像。看来，这里乃是释道混成的体系，隔墙之外，也有文昌阁，奉祀儒教神明之"文昌帝君"，成为比较完整的中国式儒道释相结合的宗教系列。

来到主殿，抬头默读那殿堂里的精美联版辞章："东岳著威灵香火盛如东海日，闽疆开宝殿恩波江作锦江春。"言语情景交融，妙语连珠，形象而生动地把至尊之神与美丽的锦江融为一体，珠联璧合，妙喻取譬。神龛上，主神东岳大帝，镇坐其间，威风凛凛，俨然如一座高山，彰显威力——驱邪镇妖，庇护一方黎民安居乐业，平安吉祥。

回首仰视，那精美华贵的巨额书写着"东皇司命"文字。原来此匾乃是明邑人礼部尚书曾楚卿题写。相传，曾楚卿因与首辅政见不同，请命致仕。这天曾氏南下回故里，正好天色已晚，便投宿于东岳观。夜间曾氏做了一个梦，曰"梦入一寺钟声如雷，辄惊寤，通体皆汗"。曾氏当年入京应试，在东岳观避雨祈梦求功名，果真荣登进士，心里念想来日要到东岳观题词留墨，以示答谢。今日恰巧至此，欣然挥毫，一气呵成，题写了"东皇司命"，为东岳观增添秀色。

拜亭中间，悬挂着"累世蒙庥"匾额，乃为清光绪二十年（1894年）邑人进士江春霖所书。江氏为人正直，清风峻节，出

东岳观千人伡鼓表演（范将　摄）

任监察御史。他铁面无私，傲骨铮铮，平生秉性"敢言人所不敢言，能谏人所不敢谏，秉笔直书，为天下苍生鼓与呼，声震朝廷"。此匾道出心声，赞美神明，乃是江氏留存给东岳观的一份弥足珍贵的文物。

雍容华贵的殿堂还有一尊不同寻常的匾额，颇具历史意义。那大字榜书的"五岳独尊"字样，乃出自民国时期的国民政府主席林森之手迹。1937年冬，正值全国军民一致抗击日本侵略者之烽火岁月，神州大地万众一心抗战驱寇，无数民间宫观庙宇点燃抗日保家卫国香火，祈愿国泰民安，抗战胜利。其时，林森一行路经东岳观，泰然提笔泼墨，写下这四个大字，一语双关，蕴含着中华民族安然如泰山，永远屹立于世界东方。

东岳观是一座较为完整的道教圣地，主殿配祀温、康、马、赵、刘、铁、孟、杨八大天君元帅。廊间又配以楚江王、五官王、卞城王、都市王、转轮王和秦广王、宋帝王、阎罗王、泰山王、平等王等，还有马孙司、瘟疹司、瘴恶司、延寿司、解冤司、彰善司等，诸多神祇"各行其职""各施其效"，成为东岳观的陪神，补充注生大帝的显威，构成一个极其庞大的"神灵团队"。

出主殿继续攀登高台，上面是无极殿和三忠祠。殿堂里奉祀汉代汲黯、宋代包拯和明代海瑞。三位历史上的九州大地忠臣严吏，皆为反腐惩恶的高手。他们疾恶如仇，"为民申冤不畏权奸不怕死，执法严明不徇私情不贪钱"，是千百年华夏子孙的治贪楷模、廉政为民的光辉典范。

朝右侧之大殿，便是妈祖庙。显然，这一方人民以多元化宗教信仰为宗旨，推崇立德、行善、大爱的妈祖文化精神，诸殿神明平起平坐，奉为至尊至宝。

漫步在广场上，举目四望，那龙飞凤舞的林立屋脊，彼此相媲美，争奇斗妍。间或，尤为引人注目的是九龙壁、戏台、长廊、阁亭……构成一道亮丽的风景线。其间，万绿丛中有一矗立于红花盛开的庞大雕塑。定睛一看，原来是戚继光造像，只见这位民族英雄威武不屈，斗志昂扬，透出那英勇豪迈神情，招人遐思。明嘉靖二十四年（1545年）十一月中旬，倭寇2000多人从福州来袭犯境。兴化府奉命防守江口要塞，"与仁同遣者，各拒险自保，仁阵于东岳庙口，寇从间道至，仁兵寡援绝，遂作国殇"。明嘉靖四十年（1561年），戚继光率军入闽平倭。戚家军之曹将军奉命抗击，一马当先，冲锋陷阵，驰援莆田，竟然在东岳庙不幸壮烈牺牲。东岳庙猝然沦为废墟……东岳观不光是一处神圣的宗教圣地，同时也是一处遭受外敌侵犯、勇兵作战的抗倭遗址。

每逢神明辰诞之日，这里人山人海，鞭炮如雷贯耳，莆仙戏、木偶戏、车鼓队、十音八乐等连台上演，热闹非凡；这里建筑物既是价值丰厚的文物，所举行的庙会活动皆为非物质文化遗产代表性项目，意义重大。

东岳庙，不但历史悠久，而且是一处不可多得的旅游休闲地，爱国主义教育基地。这里的每一处都充满着传奇的历史人文，委实是难得又宝贵的福建省文物保护单位，也是广大爱国华侨回乡探亲寄托乡愁，祈求至安幸福的理想家园。

雁阵归舟

□ 简　梅

一

　　世间的塔，常以玲珑、孤高之身，或祈福供奉、或导航引渡，让水口增崇、使峰峦耸秀……似乎没有哪一种古建筑如塔般持久，耸立天地一隅，墨守大江南北，见证了中华文明泱泱浩浩的发展之路，无论晴阳晚霞、风雨雷电，始终荣辱不惊、悲喜纳藏。而似乎唯有塔，从至高处，深重地印刻每一道山川江河、每一处地域家园，从古至今流转的蓬勃希望，以及刺痛与伤痕……我慕名"雁阵归舟"的历史人文景观，驱车抵达涵江区三江口镇鳌山村，远远就望见一座塔高耸云顶，无论从哪个角度，它都能坚实地拽住视野，印证"未到唐山地，先见雁阵塔"的古谚，果然名不虚传。盘旋不远，即到山顶，我一下子即被眼前一座巍峨隽秀的石塔所震撼！塔为仿木楼阁式结构，有八角七层，坐北朝南，塔体均用花岗石砌筑，以叠涩出跳斗拱承挑檐枋，无论石柱、壁龛、瓦当、翼角、塔刹……每个建筑细节，无不体现了精工巧匠的立意慧心。这就是雁阵塔，旧时以山名称为"岩浔塔"，但此塔已非始建于明万历十三年（1585年）之塔了！其中曲折，犹如海浪翻滚，随着年年岁岁雁叫声声，竟都已一笑而过了！

按我曾梳理的史料来看：岩浔山发脉自囊山，山状如鳌，嶙峋隽秀，以"山悬重囊入海际，源汇溪海迥地势"而闻名，又称鳌山。虽海拔仅80米，但位居涵江沿海最高峰。其东面濒海，旧时有海港可入，港汊交错，怪石嶙峋，一条后江溪流，从萩芦溪涤荡东流西下，与涨潮的海水相触，逐成漩涡，往往渔人舟舵难掌，险象环生，因而俗称"会过壁头门，难过岩浔鼻"。而退潮后，海滨沙滩上留下鱼、虾、螺、蟹等海生动物很多，所以每当深秋之际，鸿雁成群飞集于此觅食、栖息、越冬，因而鳌山又俗称"雁阵山"。据乾隆版《莆田县志》载："望江里岩浔宋有登瀛阁，今废。明建石塔。"而这座登瀛阁即是邑人黄公度读书处，随姑居于雁阵山，后黄公度于南宋绍兴八年（1138年）中状元时，高宗手书"登瀛阁"三字赐之重修。几经岁月辗转，楼阁毁塌，因莆田东部滨海缺乏屏障，古人要建塔"以稍障东方之缺"。由此，流传颇广的是：明万历十三年（1585年）二月，三一教创始人林龙江命门人筹建，因工程艰巨浩大，受阻停工；后由其后裔明国子监祭酒、左春坊使林尧俞，建起一座七层石塔，为过往船只燃灯夜航。另有流传民族英雄岳飞的裔孙岳正曾任兴化府知府三年，议及建塔……塔中有黄公度裔孙明万历年间进士黄鸣乔、黄鸣俊的题联："登鳌山而玩水，游岩塔可观莆""雁阵朝阳末辟高原地，士侪登阁名扬大宋时"。

　　这座雁阵塔，在岩浔上鼎立了三百多年，它与位于三江口外主航道赤屿岛礁矗立的"塔仔塔"遥相呼应，默默守护着南来北往的船只，被乡人亲切地誉为"母子塔"，成为莆阳人民至亲的航标心灯……如今，我在新塔下，油然记起了史料中仅存一张旧塔黑白模糊的照片，摄于20世纪30年代，据说是照相馆先生带着学生春游所拍。照片中一堵灰暗的围墙，犹如当时昏暗无助的时代幕布，挡住了真实的塔貌，影影绰绰的十数人，或探头、或凝思、或交谈……我也由此想到清末"敢言闻天下"的廉史江春霖曾撰写文章，为了保护古建筑，向社会劝募修筑雁阵塔围墙，盖

雁阵归舟（黄智三　摄）

其"为后世虑至深远也"。但是谁也没想到，抗日战争爆发，山河破碎、内外交困，那是怎样一段痛苦与彷徨的时光！由于担心古塔成为日机轰炸的自然航标，当时国民党政府决定炸毁它，这消息犹如晴天霹雳，百姓敢怒不敢言，惨痛的记忆至今荡洞鳌山之巅。炸塔那天，工兵来了百多人，一早就将鳌山村民驱赶到其他乡村，在古塔八角基座挖了十几个洞埋装炸药……随着一声令下，地动山摇，碎石飞崩，仿似民族悲歌在岩浔顶呜呜泣啼，无数人们淌着热泪，远眺烟雾中石塔化为乌有！后来听说塔石有的被当地人买走建厝，当时有一个十六岁的放牛娃，捡了山道边炸飞的塔刹，约有几十斤重，他搬回去将之戳了一个洞当作牛栓，因而幸运地保存下来，现今珍藏于雁阵宫。这真是"忆往昔国难家仇，盼今朝人喜歌欢"！

收回思绪，我抚摩着一块块光滑韧性的石头，心中真是百味交集、感慨万千！听闻这些洁白的花岗石就是鳌山自己的山石，为了沈海高速涵江段及大工程的建设，鳌山人民忍痛舍弃了原有三分之二的山体！但终以塔的威严雄峙告诉世世代代的人们，岩浔山的石，哪怕变成碎石，依然有着涅槃般硬朗的骨气！眼前这座新塔，经过鳌山村几代人立下的心愿，还有远在国外的侨胞不止一次呼吁，经过深思熟虑后，在19位乡老的牵头带领下，首先募得侨胞与企业家四家各50万捐款，而后乡民们及邻村众人知晓后纷纷接力，终筹措到八百多万资金，从2010年10月奠基，到2014年6月如愿竣工，这背后有着多少感人肺腑的事迹……如今的雁阵塔，总高度42.8米，底层直径12米，具有抗台风、防震、避雷的作用，塔顶也配上照明灯，新时代新的航标灯塔重回鳌山之巅！

二

"雁阵归舟"被列为莆田新二十四景之一,其内涵是深厚的。如果说塔显示着外在的起起落落,而我随之参观的岩浔宫,亦叫雁阵宫,即昭灵祖庙,其每一处古迹,则无不折射出不同凡响的历史和地位。那天,我看到三三两两的老人或坐在宫侧木椅上,或在宫中帮忙操持着,他们见我好奇,有的老人就热心为我介绍说,岩浔宫是莆田最早的道教庙观之一,在汉唐时代称张氏别祠、赵真人祠,宋期间皇帝数次赐封为昭灵庙。我迈进大门,正中屏风上栩栩如生画着"福禄寿三星拱照",入内发现雁阵宫为七间厢、三进式庙宇,五口天井分占其中,建筑呈单檐歇山式,抬梁穿斗石、木混合搭建,尤其殿中石雕木刻极其精细,花卉、鸟兽、古筝、蒲扇、葫芦等雕刻题材丰富、美轮美奂,建筑布局保存了唐宋风格,显得巍峨恢宏、古朴庄严。中祀三殿真君,左帐祀孚善圣侯陈应功(因规劝邑人纳土归宋,受封"平闽将军",并首创晒盐法,又封之"盐神"),右帐祀破虏功臣黄公二使,侧殿奉祀天妃娘娘、慈感娘娘、陈靖姑以及张圣君等诸神……可贵地保留了中华儒释道文化的兼容。我止凝神敬思,耳边传来莆阳独特的乡音:"姑娘,你第一次来这吧?这里神灵灵验呢,我们乡人侨居,都要从这里分灵保平安呢。现在新加坡、意大利、日本等国以及中国香港、台湾、澳门等地区都有行宫。你知道吗?明嘉靖四十一年(1562年)倭寇就是从鳌山这里进出,攻陷兴化府长达两个多月,将民房官署、祠宇寺观焚毁殆尽。但独独只有岩浔宫，他们不敢闯入！"原来是一个慈眉善目的老人家对我诉说。他还领我看主殿中央一块长172厘米、宽75厘米的平铺拜石，初看以为是用碎石砌成，原来是整块天然石自然裂成，老人家说石中天生一个小孔，深不可测，若用耳朵贴在孔口，就会听到洞中呼呼作响的风声。据说这是明朝邑人曾梦鳌中了进士所献，他是从天马寨觅得这块奇石，世人称它为"龙眼风"拜石。

我还随着老人仔细地瞻仰了宫中留下历朝历代楹联："负笈上庐山得脱尘寰明覆载，尽忠扶宋室泛游瀚海拒元戎""渡海铁为舟千古英灵千古寿，遏云金作律一声嘹亮一声歌""以晒易煎功高管子，捐躯报国烈列睢阳""神居瓜腹匏胎异，庙峙鳌山雁塔高"……每一联无不透露着雁阵宫蕴藏着深蕴的二千年莆阳文化，以及唐宋明各朝代著名的政治家、思想家、文学家、史学家活动的轨迹，它也串起莆阳大地重大历史事件以及人民抵抗侵略、爱国忠贞的民族气节！其实我早就听说，雁阵宫极具特色的庙会活动，是每隔数年举行的僮身"爬刀梯"持戒祈福的民俗表演，活动于每年正月十五日上午举行。每当举行仪式时，在宫前埕地中竖立起十多米高的木梯，在由刀刃拼接成的狭窄阶梯之间，僮身赤足徒手上梯且没有防护，动作敏捷，或翻滚腾挪或缘梯而上，不时变换身姿，犹如龙蛇攀升，直至到达刀梯末端。朝拜天地后双手离梯，做各种动作再翻越下梯。场面惊心动魄，现场人山人海。有些年，我还看过莆田各村境流传至今充满炽热、血性的元宵闹春，诸如爬刀梯、跳傩火、摆棕轿、打铁球、抬轿冲海等，凸现了这片曾经被倭寇侵扰百多年苦难的土地上，人民顾全大局、勇猛无畏、恩爱分明、勤劳俭朴的精神。就在这片土地上，出现了多少的英雄与千古名士：抗元陈瓒、陈文龙；抗金陈淬；布衣李富；岳飞挚友刘政；不惧皇权黄巩；抗辞燕王陈继之；忠毅护国王家彦；抗日英雄王屏南……哪一个不是响当当的好汉！

　　"护雁顶"本在岩浔宫旁，是候鸟迁徙休息的地方，曾经无数的岁月在"风高雁阵斜"季节里，岩浔宫前东、西、南三面辽阔的海滩湿地，无数俊美、团结的飞雁盘旋于此，它们仿佛啼叫着"纵观三江口有朝一日废墟成闹市、遍视九里洋不多几天沧海变桑田"，这不正是数千年前状元黄公度的箴言吗？如今，涵江这个自古以来重要商镇和港口，政通人和、人文锦绣、产业鼎盛；而近年重建的"登瀛阁"也以璀璨的光芒迎接着四海宾客，共谱"三雁风光"风清气正的大爱！

桥见李富

□ 万小英

　　木兰溪浩浩汤汤百余公里，快到大海的时候，在莆田涵江流连，"旋"下一个逗号——全省最大的淡水湖白塘湖。"白塘秋月"是莆田胜景，白水明镜，一轮秋月，璀璨照映。不过，当上岸走入古村洋尾村，就会发现这里还有一轮"白塘秋月"——千古长照、朗月般的人物李富。

　　1300多年前，武则天为了维护统治而对李家后人迫害镇压。唐高祖李渊第二十子江安王李元祥后代避乱南迁，其第十四世孙李伯玉由南安迁入莆田洋尾。洋尾，即北洋平原尾巴，靠入海口，由此成为李氏一支族人聚居的村落。今天的这里，处处可见时间停住的脚步，在那些古墙翘檐、祠堂牌坊，我们一抬脚似乎就可进入宋、元、明、清的年代。而绿树村边，小桥流水，江南水乡的情调仿佛又是一种永恒。

　　李伯玉后裔李富，字子诚，号澹轩，宋元丰八年（1085年）生于洋尾村，为闽中商界巨贾李泮的长子。据说，他的到来，是母亲黄氏在梅峰（梅子冈）观音亭求观音而得，所以大喜。他一出生，家中就舍梅峰一百多亩地建为佛寺，俗称梅峰寺。李泮晚年得子，李富子承父业。

李富很富，就如其名。财富是一把"双刃剑"，用得好并不容易，李富用一生做了答卷。

建炎元年（1127年），金兵入侵中原，南京（今河南商丘）、临安相继失陷，国家处在危急存亡之秋。李富毅然捐献家财，招募兴化子弟3000人抗金勤王。那时白塘只是他家花园池子，称"半月池"。为提高战斗力、适应航海北上，他扩宽白塘，作为义兵的操练之地。当几十艘海船从涵江三江口海道扬帆北上时，真可谓浩浩荡荡，意气风发。他们隶属名将韩世忠麾下，屡败金兵。岳飞曾作《送紫岩张先生北伐》赞："号令风霆迅，天声动地陬。长驱渡河洛，直捣向燕幽。马蹀阏氏血，旗袅可汗头。归来报名主，恢复旧神州。"

在抗金斗争中，他"身先士卒，苦乐同谋"，战术上"奇正阖辟，变化不穷"，所至"皆闻风丧胆"。他随部收复建州，攻克大仪，屡立战功，金兵败回北方。宣抚使张渊赏识李富的才略，荐任殿前统制司干办公事官，世称"李制干"。李富又向朝廷进《奋边策》，陈述抗金策略，却被秦桧所压抑。岳飞十分赏识李富，当得知其家族修谱牒，挥毫写下"李氏谱牒子孙保之"送予。李富知道权奸当道，报国志愿难以实现，托言母亲年老，辞官归养。

绍兴八年（1138年）底，李纲致信李制干，附岳飞诗一首，再次请他在兴化募兵，协助岳飞、韩世忠北伐。翌年初，李富复函李纲，认为秦桧当权，此举必无战果。

回到莆田，李富一心扑到造福桑梓。他在梅峰寺畔建卧云轩和梅峰书院，捐资供给学子费用，"远近之贤且贫者，咸厚赖焉"，培养了一大批英才，"种德传心"。他修筑海堤，围垦造田3800亩，保障民业。他重修囊山寺、梅峰寺、重兴寺和满月院，在城南官道旁建凉亭，让路人有歇脚的地方……最令人钦叹的是，他在莆田境内建造了大小石桥34座。

看，白塘湖上的塔桥上人来人往，历经千年风雨，依然长身矫健。它是白塘古官道的起始点，桥两头各竖立一座古经幢，形状像小塔，故称塔桥。石幢四面刻有古人像，恍惚间，李富宽袍广袖地从桥上走来，我如古人一般向他弯身施礼。

看，龙桥今天被称为新桥，在涵江旧镇的南面，仍是南北行旅重要的交通要道，每天车水马龙，人流如织。清乾隆时期，桥多处崩坏，李富的裔孙李彰德等人合族发起募金重修。想起家族接续修桥这幕，令人感动。

看，北宋状元徐铎走过延寿桥，从此有了"延寿桥头出状元"一说。在西天尾镇延寿村延寿溪上，近百米的延寿桥是游洋与莆田来往的重要通道。未有桥时，一到春夏大雨连日，洪水翻滚暴涨，渡船时常倾覆，商贾溺死者不可胜记。此桥经过多次重建，至今保存完好且壮观。

看，万寿桥石梁长短不一，桥墩之间跨度不一，有的长四五米，有的仅三米多。李富原本为让母亲延年益寿修建了万寿桥，被提醒"万寿"乃是皇帝专属，百姓用反而折寿，因而他又在涵江集奎村南面的大河上修建了延寿桥，为母亲祈福。万寿桥由延

洋尾村（范将 摄）

寿桥剩余石料建成，所以民间有"先延寿后万寿"之说。

看，泗华桥边两岸今天已辟为泗华公园。在城西龙桥街与下郑村的交界处，曾经的小石桥如今变身为全长100米、宽4.5米、高6米多的大型五孔石拱桥。

还有七间桥、头亭濠桥、古柳桥、棠坡村桥、南寺东桥、南寺西桥、龙桥、白杜桥、澄渚桥、吴刀桥、陈仓七间桥、下尾桥、猿臂桥、郊东桥、龚墩桥、宫后放生池桥、五应桥、吴桥、清宁桥、魏塘前桥、吴坂桥、榆溪桥、刘家前桥、真人宫前桥、圣墩桥、镇前桥、漏头桥、埔头桥、溪口桥等。

三十四桥不仅仅只是跨越河道两岸，而是牵起纵横交错的大小河道，把460平方千米的兴化平原连成一片，让水乡之城如履平地。生活有了一种新的模式展开，桥带着商人走南闯北，桥带着学子考取功名，桥带着游子星夜回家……脚下之路，河上之桥，心中之往，改变着人与地方的命运。即便有些桥已经湮灭在历史的尘烟中，只留下名字，后人也不会忘记它们的建造者李富。因为在滔滔河水中，也在历史的河流中，早已架设起不绝的"对话"。

明代兵部侍郎郑岳诗赞："区区微利较锥刀，济险由来属俊髦。三十四桥尚无恙，秦皇鞭石笑徒劳。"小人如锥刀一样计较自己的小利益，而才华出众之士从来都是济困帮险；三十四桥现在还无恙发挥作用，而秦始皇欲过东海观日出，让天神相助在海上架设石桥，只被人笑话徒劳。莆田有句俗语"走桥念志"，过桥时驻足桥头，读读建桥碑志，上面记载着捐建督造者的名字以及建桥的艰辛历程：我们不应该知晓这些、感念他们、学习他们吗？就算桥头无碑志，就算有碑无桥，也该在心中念着建桥者的功德。

绍兴三十二年（1162年），有人从北方返莆田，卧病在床的李富关心抗金战事，得知宋军节节败退、战况危急时，愤慨填膺，长叹数声气绝，终年77岁。

李富在历史中成为传奇，备受赞誉。他被莆田人誉为"乐善好施"第一人，宋状元黄公度称他"一代元良，百世师表"，明代兵部尚书彭韶颂为"千载殊绝人物"，他还同蔡襄、陈俊卿、林光朝、陈宓并称为宋代"五贤"。

今天的洋尾村依然深深地嵌着这位故人的身影与影响。李富祠，他曾经生活的地方；金判第坊，他的次子、承直郎惠州金判李廷耀所建；栢府归荣坊，祁阳邑侯李公祠，州牧祠，李氏大宗祠等，都是李氏后人所建。白塘码头前的科第坊，更是记录了洋尾李氏明清两代科第鼎盛之貌。梁枋上刻写着密密的名字和官职，李氏子孙确实很有出息，自宋至清共涌现进士98名、举人62名、职官216名。

白塘湖如白糖一般，甜蜜地拥抱着洋尾村。20年前，她已成为莆田首个省级历史文化名村，作为游客，走在这样的村子里，会有一点点紧绷感，担心遗漏掉那触目皆是的打卡景点和解说员滔滔不绝的古今往事。但是，只要稍微走个神，离开嘈杂的人群几步，就会有一种松弛感：无人的村巷有出奇的宁静，花儿开着，母鸡带着小鸡啄食，村妇在颠着簸箕……千年来，这个村子本来就是这样度过。

李富当年也定然是这样悠悠地走在村子里。红砖白墙燕尾脊，南埕木偶班唱着莆仙戏，他抚着荔枝树，或者是榕树，仿佛它们也在抚着他不平静的心灵。今天的人赞颂他是抗金英雄，是杰出的"大善人"，他会如何看待自己呢？

明月在天，李富仰脸望月，一脸秋水。那一刻，李富就是一轮明月，白塘绿水看见了他，三十四桥看见了他，我们看见了他。

古村不言任春秋

□ 黄　燕

双福村是热闹的。

虽然正月祈福古今一辙，却年复一年地被双福人操持得那么盛大、虔诚、热烈、欢腾、明艳。他们对天地四时的恭敬和对美好生活的祈求，有隆重的仪式感作证。

在双福人淳朴的心中，一年之计在于春，年大不如春大。青阳芳春，双福人搭蔗塔、跳山火、"做头"、游灯、豆丸节祭……他们祭祀春神、跪拜祖先，迎春接福，把万物生长的密码，张扬得轰轰烈烈，人尽皆知。

"蔗塔纳祥"。搭"蔗塔"，是莆田涵江一带的风俗，历史悠久。民间迎神祭祀、婚嫁喜庆、祝寿庆生、新屋落成等，均使用与甘蔗有关的制品，如粿、丸、饼、糕等，寓意生活甜蜜幸福。相传，为了挽救迷失在海上的乡亲，妈祖砍下甘蔗点燃当成灯塔，使乡亲们顺利返航。后来，人们每年正月便以甘蔗切片搭塔来纪念妈祖。

双福人搭蔗塔，一般在元宵节前。先把质地硬、糖分高的新鲜甘蔗洗净，削去蔗皮和蔗头蔗尾，再切成三厘米厚的均匀蔗片。搭塔人用木制大八角托盘作为底座，先在每一角上系上一条线，另一头则上挂在横梁之顶。搭盖蔗塔时，蔗片只能放在"准绳"之内。搭蔗塔是一项精细的工艺，一块又一块，一层又一层，不用任何粘贴固定之物，所有的平衡，都是靠搭塔人的巧手和经验来维持，稍稍一个细小的闪失，都有可能前功尽弃。所以，从头到尾，搭塔人都小心谨慎，如履薄冰。

每年，双福村都会搭五个高约两米的蔗塔，披红抹黄，写上吉祥语，放在宫庙的大殿里。人们在这里瞻仰、赞叹，敬拜妈祖，盼望生活像蔗塔那样步步高节节甜。农历正月十七，由"师公"进殿将蔗塔推倒。这时，等候多时的孩子们蜂拥而上抢拾蔗片，场面沸腾。

"蹈跳山火"。摆棕轿、跳山火是元宵节期间一项特别引人入胜的活动，是莆田地区特有的民间"舞蹈"，寄寓着人们避灾、祈福的美好心愿。

双福村元宵"跳山火"比较特殊和讲究，形式多样，内容丰富，前后共有三回。第一回是正月十一日晚，全村男女老幼集中在宫庙大埕上，用松柏柴烧起五堆篝火，由村里当年新婚男子参加蹈跳，寓意早生贵子。两名男子抬举一部棕轿，在两米多高的篝火旁，他们抬轿走步，摆轿跳步，动作协调，节奏整齐。随着时紧时缓的伴奏助威锣鼓声，走步跳步，跳步走步，轿子抬起又落下，落下又抬起，五六对抬着棕轿的男子一起跳跃。他们赤着脚，从这堆篝火跳跃到另一堆篝火，一圈又一圈。围观者高声呐喊，喝彩，热闹非凡。

第二回是正月十二日晚，在埕顶长房为庆祝神明回宫而举行"跳山火"活动。这天，男子皆可以参与。篝火点燃时，围观者个个摩拳擦掌，争先恐后入场跳跃。现场鞭炮齐鸣，鼓乐喧天，人声鼎沸。

第三回是正月十七日晚，沟尾祠堂外。照旧是起五堆篝火，这天是由五位"僮身"专场跳跃。他们更有节奏、更有气力、更具表演性，现场高潮迭起，群情激昂。相传，吕祖先师有五个童子曾来村里做客，与民共庆元宵佳节，后来，人们便以此俗表达对神明的敬重和不惧苦难的勇敢精神。

还有具有丰厚的文化内涵的"福首做头"习俗，还有象征繁荣兴旺"游灯接龙"活动，还有寄意团团圆圆甜甜蜜蜜添丁增财的"豆丸节祭"，还有鉴湖书院的祭祀仪式……这些，都是双福人春天的盛典。盛典过后，天地仿佛就苏醒了，人世间的情谊，也由此生发，家乡有了割舍不了的爱。无论去到哪里，离别多久，对故乡，心中都有思念。

比起往年，今春双福人的心中，更加温暖踏实——

新年伊始，市委市政府启动的重民生、促旅游的"莆阳三开"大型文化活动，让癸卯年的传统民俗活动显得尤为有活力和底气。回忆起双福村的开村活动，村民郭美莺感慨万千："可热闹了！歌舞表演、非遗展示、莆仙戏……整个村庄都乐翻天了！政府组织开河、开街、开村，老百姓开心称心舒心啊。"

双福村是宁静的。

我来到这里时，村口文化广场"莆阳开春"的彩虹门还在，热闹刚刚过去。双福村用她的恬静和温婉接待了我。

这个大名叫作"双福"的村庄，是莆田白塘镇的一个少数民族村落，回族人口占90%。村里大部分人姓郭，相传为郭子仪后代，先徙仙游，后移涵江，落脚双福。这个荣获"第三批中国少数民族（回族）特色村寨"的地方，环境优雅，民风淳朴，魅力独特，是远近闻名的"幸福家园"。这里水系发达，河渠纵横，古荔飘香，保存完整的明清古民居、书院和宫庙等遍布全境，历史遗迹比比皆是：厝尾"百二间"大厝、百岁翁故居"三座厝"、沟尾"大厅堂"、圆里"古厅堂"等等，还有清乾隆年间重修的郭氏回族祖社、鉴湖书院……

村道蜿蜒，花香悠悠。我在古韵犹存的双福村，走阡陌过小桥穿荔林逛街巷，安享静谧时光。

满村荔树的双福村，绿荫如盖。莆田又名荔城，荔枝栽种已有千年的历史，郭沫若以"荔城无处不荔枝"赞之。宋代仙游人蔡襄，致力荔枝栽种推广，在家乡亲自动手种植荔枝，并撰写《荔枝谱》，这是中国最早的荔枝专著，久负盛名。据统计，莆田现有树龄达500年以上的荔枝古树30株，而双福这个小小的村庄，竟拥有10株，且树龄均达700年以上，即使中空或歪斜，仍旧枝繁叶茂，年年开花结果，实在令人称奇！至于一两百年的荔枝树，村中则随处可见。我环鉴湖漫游，用手机一棵树一棵树地扫着二维码，探寻每一棵古荔的身份和逸闻趣事。

枝杆盘虬卧龙的古荔，岁月斑驳，史诗般地静默着，无所谓我是否能读懂她。三三两两坐在树下歇息的老人，脸上有着一种不惧岁月沧桑的安详和淡定。在鉴湖书院门口，一位老阿婆拍拍

双福村（范将 摄）

她身边的石条，冲着我这个陌生人说："坐！来坐！"那一瞬，我以为回到了阔别已久的故乡，一股暖流包裹着全身。我突然有种要推开每一扇古厝的门，去寻找亲人的冲动。

可是，我的家乡没有荔枝。我在课堂上向学生讲授贾祖璋的《南州六月荔枝丹》时，还没见过荔枝是啥模样。其实，我现在仍然想象不出夏蝉鸣、荔枝熟的季节里双福村的红火和热闹。郭美莺说，"每年荔枝开摘节时，村里都是人山人海，外地客人全是奔古荔而来。"世称陈紫的双福荔枝，壳如红缯，膜如紫绡，瓤肉莹白如冰雪，浆液甘酸如醴酪，是荔中绝品，是天赐恩泽。难怪在第一届荔枝开摘节时，"双福一号"古树荔枝，58颗拍出了5880元的"天价"……

透过眼前累累新叶，我努力寻找着古荔的腰肢，想象着她被果实压弯的样子，想象着夏日清晨的河面，"两岸荔枝红，万家烟雨中"穿着民族服装的村民，划着小船儿，带着游客采摘荔枝的诗意劳作……

眼前的小溪，清澈见底，几片不知从何处飘来的花瓣和绿叶，悠悠晃晃，顺流而下。溪边浣衣的村姑直起了腰，她提着桶，牵着身边的儿女回家了。停泊在一角"水上巴士"，站着几只白鹭，它们左看看，右瞧瞧，像是在等待乘兴而来的朋友。一座座横跨小溪的石拱桥，已经被逢春即荣的野花野草打扮起来了。两岸郁郁葱葱的荔枝树，长了一层油绿的新枝。自由自在的小鸟儿，在枝头跳跃飞翔，啁啾婉转的啼叫声，更衬出古村的幽静。

一抹清辉透过古屋檐角，双福村以其满刻沧桑的缄默，彰显着历史文化名村的分量。我凝视村里的"福文化"展示墙，凝视上书"双旌铭祖训笃诚忠义名扬天下，福地沐遗风孝悌明礼德昭人间"楹联的牌坊，我走过孝老食堂，走过亲水码头，走过蔬果采摘基地……双福村，这个世外桃源，用她悠长岁月的活色生香，疗愈着我的乡愁。

忠义孝悌，一脉相承。岁月静好，古村千年。若陶渊明遇此，不知会作何感慨。

黄巷，黄巷

□ 朱谷忠

我曾在福州三坊七巷中的黄巷居住过十多年。

说来愧疚，那还是20世纪70年代末，已在《福建文学》工作了好几年的我，居然对这条巷子的历史一无所知。有一次在著名作家郭风家里交谈，偶然提及编辑们共同居住的黄巷，我才从郭风嘴里惊讶地得知，黄巷原来是一条极富文化底蕴的巷子。历史上，还因"双黄交臂、文武相安"的故事而名声在外——说的是唐末起义军首领黄巢攻城拔寨，经过此巷，得知是读书人居住的地方，竟熄炬噤声而过，秋毫无犯，传为佳话。后来，这个巷子也因此被认为运交华盖，宜室宜家，居者日众，声名日隆，硕彦间出，名宦咸集；单说清一代，就有知府林文英、榜眼林枝春、巡抚李馥、梁章钜、郭伯荫，进士陈寿祺等辈。两宋及元明时期，此地黄姓名人颇多，还在不同时期曾羁留过北方游牧部落的毛、萨、葛氏移民，以及东南亚岛国的番客。善待兄弟族群的兼容胸怀，由此可见一斑。这让许多外地人自然联想到福州的老榕树，三分雍容，七分自信，一种与生俱来的海涵气度。

记得，当时郭风还告诉我："莆田黄氏始祖黄岸，在涵江有一居住地，也取名黄巷，你知道吗？"我一听，顿时怔住了。搜尽枯肠，才猛然想到少年时去过离我家不过三里远的一个叫作黄霞村的地方游玩过。青年初期，我为了讨生计常常往还于老家梧塘与涵江城区，途中必经黄霞村外围那条公路，俗称"黄巷坡"。不曾想，到了福州，住进黄巷，地名听着耳熟，却从未去细究，更没去钻一次故纸堆了解一下。从此，什么叫"孤陋寡闻"，我算是有了一次彻底的认知。从此，福州的黄巷、涵江的黄巷，便深深叠印在我的脑海里了。

遗憾的是，这多年，虽因专题写作，我几乎跑遍了莆田诸多地方，依然只是与涵江的黄巷擦肩而过。

2023年3月，我终于获得一次专门采访涵江黄巷的机会，这使我如好酒的饮者偶得一捧琼浆，未饮已觉得口中甘冽，周身一下畅快了起来。

那天，在涵江区、镇几个新朋旧友引导下，我们一早就出发了。头顶的天，纯正地蓝，金色的阳光，静静地洒在公路、山坡、树林和村落。行走中，时有春风荡漾，清新的空气里到处洋溢着花草的芬芳。这里，正是我少年时到处疯玩偶然撞进的一个地方。半个多世纪倏忽而过，如今有机会再次走进，恍惚如梦，但却让我感觉出一份特别的惊喜、亲切和温暖。

来到黄霞村中，公路上疏落的汽车声已悄然远去，一股熟悉的散发着泥土清香的气息，不知不觉中已爬上心头，似玉兰花之淡雅、如野菊花之飘然，轻轻滑过肌肤，无从捕捉的却都是少年不经意留下的幻影，诸如古祠堂、古树、光溜溜的石板路……我不禁深深地吸了口气，暗暗在心里喊着：久违的黄巷哦，我终于来了……这时，陪同我的老黄、老庄和老李等人分别告诉我：这儿就是涵江黄巷山，原名延福山，山由村得名，村落名叫黄巷，人称古文化村；又说，这脚下的土地，葳蕤的草木，几乎都蕴含着千百年血肉灵动的故事，提取出来，都将成为鲜为人知的传奇哩。说话间，一行人首先来到黄冈祠，这是纪念黄岸的祠堂。门楼为四柱三楼的花岗岩阁楼式，正面阔三间，二进，门厅与正厅以天井相隔。因天井宽大，正厅又是敞口厅，祠内显得明亮舒展。祠内梁楣上金匾耀眼，立柱楹联丰富。正厅的神龛上，悬挂着自唐至明黄氏列祖列代中功成名就的历史人物画像。有入莆始祖黄岸、"闽中文章初祖"黄滔、儒学名家黄璞、宰辅黄镛、状元黄公度、方志学家黄仲昭、良臣黄巩等。几案上还有两座髹金座像，是唐代高僧妙应祖师和本寂禅师。可以说，人到这里，一下会感觉历史未曾走远，心里也会涌动许多温暖的词汇，善与诚、道与德、贤与能、敬与慈……从而领略到黄巷独特的文化魅力。再看祠堂外，有石马、石羊……碑墙上，嵌着十多块自唐代以降的历代碑碣，这是黄巷历史的真实记载。我不禁想到，有着悠长历史的这一切，如今已定格在新时代的背景里，显得凝重又鲜活。在这里，黄氏祖先留下或隐含的故事，每一个听上去都幽深而辽远，令人所思所感，都意味深长。就说埕前那一口幽深的千年古井，据传为由当年精于地理的妙应禅师亲手勘定形势所开凿。我俯身探看，仍见水光清冽，不免想到，当年顽劣的我是否也在井口照影过，留下我几许眸光？

记忆清晰的是黄巷那条光溜溜的石板道，蜿蜒曲折，长约一华里，是古代福州至兴化府的古驿道。当我急切地与陪同的人来到那里时，发现已变成一条水泥路。我走着，只能想象那些唐砖宋瓦，明碣清匾，正穿过一千多年风雨迎面而来。其中，已列入第三次全国不可移动文物普查名录的云腾故居，建于清乾隆十年（1745年），俗称林氏三座厝。难得的是，沧桑过后，这里古风依旧，古韵犹存，令人处处流连。这时，老黄又介绍说，黄霞村的来历，可以回溯到唐朝末年，时任桂州刺史的黄岸辞官归闽，由南越海道经此，为避风浪而登陆。据记载，数日过后，黄岸见这里的延福山林木稻秧，绿浪推拥，"遂定居此"，并把福州祖地"黄巷"，作为这里的地名。从此，黄岸成为黄氏入莆始祖。之后，莆田裔孙遍及世界或商贸垦殖，宋、元时期，特别是明、清以来，向外播迁日益增多。经查证：后裔广播于闽、台、江、浙、两广、两湖、赣、皖、云、贵、川、陕、齐、鲁、幽、燕之地和国外东南亚的菲律宾、印尼、马来西亚、新加坡、泰国、文莱、越南、缅甸、老挝、柬埔寨等主要地区，以及世界各地，拥有500多万之众。"莆阳黄"也成为世界江夏莆阳黄氏之简称，又称莆田黄，兴化黄，自唐迄清内外素有"十状元十宰相""六会元三榜眼三探花"和"四尚书四贡元廿三解元五百进士千名举人"之美称，为中华东南黄氏望族。难怪许多人都赞颂黄岸，说他如樟树参天，冠状如伞，枝繁叶茂，生生不息，荫庇后生，福泽学子，揖樟而读。正所谓："千年神樟生生不息根土为本，百代学子薪火相传勤学是源。"

资料记载，黄氏始祖黄岸（674—756年）字宗极号魁杰，入闽始祖黄元方字彦丰嫡系十一世孙。黄帝一百零一世孙。唐圣历戊戌年以才德兼全科登进士，官历翰林史馆学士、徐州牧、升广西桂州刺史。自福唐侯官（今福州）黄巷迁入莆阳县延寿里（今黄霞村），黄巷为入莆黄巷开基祖。黄岸外孙传至第五世，唐代（福州）黄巷出了大学者、名儒黄璞。黄璞，字德温，号雾居子，少时善诗，名重一时，藩镇间皆传颂之。黄璞举进士后，于唐乾宁初年（894—898年），官崇文阁校书郎。皆子四人同为馆职，世称"一门五学士"。而黄岸其莆阳裔十分显赫，若包括外徙科第出仕鼎甲宰相人物，状元者有10位(其中文状元者7位，武状元者3位)，榜眼者3位，探花者3位。历代中宰相者10位。

有意思的是，我在涵江黄巷也听到"双黄交臂、文武相安"的故事：当年黄巢起义，带军经过涵江黄巷，晚间路过黄璞家门口时，看见有人点灯读书，这位冲天大将军竟礼遇有加，命令军士"灭炬弗过"，并在石碑上写下"读书林"三个字。两个黄巷，相距百里，同一故事，谁来厘清，那就由黄氏后人们去定夺吧。

默想中来到黄璞故居，但见面阔五间，三进，大门外一对明代抱石，刻有"狻猊"图案，刻工精巧。两边门门楣上各嵌一块石额，分别用楷书刻上"雾居""归隐"，字迹清秀，石色发黄，应是当年建房时的原物。故居内雕梁画栋，气势恢宏，金柱下段用榫卯接上一节，考古专家认为这是抗震结构，在古建筑中有其独特价值。故居历代均有重修，现存基本为明代建筑，清代重修。1993年6月，其被公布为市级文物保护单位。还应提到的是黄巩祠堂，系明代建筑。在黄冈祠碑墙上有嘉靖四年（1525年）

黄氏宗祠（陈碧钗 摄）

立的《谕祭黄巩碑》和黄巩书《黄师宪墓碑》及《通礼》石额，这些都是少有的文物。

除此，在黄巷村北面有一座国欢寺不能绕过。这是唐名僧妙应禅师和他的俗家胞弟本寂禅师二兄弟都出家后，于其双亲墓西侧的旧居建庵奉佛的地方，初名延福院，为囊山慈寿寺的属院。后梁开平元年（907年），奏请赐额，适闽王王审知以孙王昶出生，因名国欢寺。明末清初，国欢寺住持超元（字道者，为雪峰亘信禅师弟子），于永历四年（1650年）东渡日本，住持长崎崇福寺，传"盘桂派"。今长崎、东京等寺法裔达数千人。回国后于清康熙元年（1662年）圆寂于国欢寺，有《南山道者禅师语录》行世，是莆田僧人出国传教的第一人。

国欢寺坐落在松林掩映的国欢坡上，主殿重檐歇山式，抬梁结构，金柱高大，飞檐斗拱，古朴典雅。现有建筑系明代万历四十年（1612年）黄起龙重建，曾奏请朝廷颁赐藏经。清康熙八年（1669年）又重修。其建筑群基本保存完整，现被列为市级文物保护单位。

离国欢寺不远处便是黄岸古墓，坐落在黄巷公路旁边，现掩映在成荫绿树之下，保存完好。墓地占地七亩，有三重墓埕，风形墓丘，依唐制，墓碑在墓丘之后，上刻"入莆始祖唐进士桂州刺史开国公谥忠义黄公墓"，为市级文物保护单位。

值得添一笔的是，来涵江黄巷村的人，都会不忘去探看这里富有传奇色彩的绿砂荔枝树。人称绿砂荔枝是黄巷村的一件活文物。明弘治《兴化府志》记载，绿砂荔枝是宋蔡襄《荔枝谱》中所述名为"火山"的品种，明代曾被列为贡品。这是因为，绿砂荔枝早熟，梗如枇杷，壳淡绿色带些微红，果实落地不粘沙。可惜绿砂荔枝历经沧桑五个世纪之余，仅此独棵，别无它株，是一个珍贵的活标本。令人拍案称奇的是，此树2000年时突然枯死，却于2004年初春又在根部吐出新芽，重现生机，真是奇观。

无疑，这个世上有福州和涵江同宗同源的两个黄巷，福州的黄巷已名声在外，涵江的黄巷也在重点景区打造中渐露头角。细想，两个黄巷原本就是连理枝；或许，它们也是比翼鸟。但愿有朝一日，它们将成为世上游人心中闪烁的双明珠。

走过萝苴田

□ 李群山

和风拂柳,花香醉人,正是南国春光烂漫时节。三月的一个上午,我们前往涵江萝苴田历史文化街区采风,与涵江千年历史展开一次对话,与遍地诗意的萝苴田来一次美妙的邂逅。

一

萝苴田其实是四面环水的一个小洲。《说文解字》云:"洲,水中可居曰洲,周绕其旁""关关雎鸠,在河之洲""晴川历历汉阳树,芳草萋萋鹦鹉洲""天边树若荠,江畔洲如月""南风知我意,吹梦到西洲"……古典诗词中的"洲"总是典雅柔美、充满诗情画意,"萝苴田"也不例外。

"萝苴田"据说是因过去种满萝卜与苜蓿而得名。萝卜是"国民蔬菜",苜蓿也是江南的一种家常菜。美食家汪曾祺就曾在作品中仔细描述了以苜蓿为原料制作的乡间家常菜"酒香草头"。记得《福建文学》曾刊载一篇散文《苜蓿的诗学》，作者王苑木在文中写道："苜蓿还有个好听的名字——怀风。取这个名字的人肯定是位诗人。微风入怀，是清扬婉兮，是脉脉柔情，是恋人的发丝撩拨心弦。"遥想萝苴田当年，白色萝卜花与金色苜蓿花开满小洲，"风在其间常萧萧然，日照其花有光采"，岂不美哉！

二

萝苴田位于木兰溪、萩芦溪、延寿溪三江交汇处，溪河纵横、沟渠成网、物产丰饶，自古商贸兴盛，既有"小桥、流水、人家"的诗情画意，更有舟楫穿梭、商贸云集的繁荣与富庶。宋代时，这里就是繁华的商贸集镇。明、清时，这里是"风光小吴越、财货甲漳泉"的闽中工商业中心和物资集散地。"兴化桂圆""兴化赤糖""荔枝干"等本地特产源源不断地被搬上帆船，从萝苴田周边的水道通过三江口港运往上海、苏州、宁波乃至大连等地。

抗战期间，因福州、厦门、泉州等港口被日军封锁，三江口港一时成为福建沿海与外埠交通的唯一中转枢纽大站，省内外客商纷纷涌入，涵江变得异常繁荣。那时的萝苴田街区店铺林立，生意兴隆，名牌商号就地涌现。特别是街区中心咸草顶，车水马龙、人声鼎沸、日夜不息，有"江南七八省，不如涵江咸草顶"的说法。借用柳永的词可这样形容极盛时的萝苴田："东南形胜，三江都会，此地自古繁华。烟柳画桥，风帘翠幕，参差数万人家。云树绕堤纱，怒涛卷霜雪，天堑无涯。市列珠玑，户盈罗绮，竞豪奢"。在萝苨田街区，豪宅大厝比比皆是：东方二十五坎、顺茂隆大宅、陈训彝侨宅、黄氏民居、广镇楼、馨美堂……都在无声地述说着昔日的辉煌。

三

萝苨田街区规模最大的民居古厝就是顺茂隆大宅了。顺茂隆大宅之于涵江萝苨田，可比于"沈厅"之于苏州周庄。沈厅为明初江南首富沈万三家族所建，顺茂隆宅则是1911年涵江首富徐氏家族耗资十三万银圆、历时十五年建成。两座豪宅都是临水而建，门前即是码头，两个巨商家族也同是依靠四通八达的水系直通外海而发家致富的。虽历经百年，顺茂隆大宅恢宏的气势至今仍能让我们领略到先人不畏海路艰难驰骋商海的勇气与智慧。

一进入顺茂隆大宅，映入眼帘的是一个红砖砌成的庞大院子，院子北面临河处是两棵高大粗壮的木棉树，似两位威武霸气的武士雄踞两旁。院子的南面是单层燕尾脊主屋大厝，由东向西一字排开五个大门、五个天井，远望过去房屋重重叠叠，气势宏伟、富丽堂皇。院子的东、西两侧是双层七开间护厝。护厝的裙墙上有许多精美的石浮雕，线条苍劲有力，所绘花草虫鱼栩栩如生，工艺极其精湛，显系名家所刻。走入大宅内部，处处可见华美的木雕、石雕装饰。廊墙上一幅幅精致的珐琅瓷画，据说是百年前从意大利、荷兰进口的，至今仍熠熠生辉、光亮如新。真是"屋宇巍峨，画栋飞檐；描金绘彩，中西合璧。岁月悠悠，历百年而频生佳话；斗转星移，经沧桑而不减风华"！

东护厝的二楼是小姐的绣楼，门两边石柱上雕刻着一副对联，上联是"何幸清风吹我榻"，下联是"还期明月照吾楼"。文辞隽永别致，意境清新幽雅，读之令人忘俗。绣楼临河处是一幢小巧玲珑、古朴典雅的亭阁式建筑，檐角飞翘、悬空挑出。凭栏赏景，可观扁舟往来，可听潺潺流水。遥想当年，闺中的小姐轻轻推开临河的窗户，"独倚望江楼。过尽千帆皆不是，斜晖脉脉水悠悠"。她心里想的也许是：自己家的大船什么时候才能从上海、苏州回来？又会把什么样的瓷器、丝绸捎回来供她挑

萝苜田文化区（黄智三　摄）

选……正是："门前春色浓如许，河上风光翠欲流。谁家少女倚阑盼？不见归舟赏暮云。"

四

走进萝苜田老街，徜徉在古韵古风中，时光仿佛回到20世纪，别有一番风味。这里远离闹市尘嚣，纯净而祥和，不受汽车轰鸣的侵扰，步行是最好的交通方式。行走在这里，一不留神就能忘了外面世界的纷繁嘈杂。随处可见的街边豆浆米粉店，让人想起木心的诗："卖豆浆的小店冒着热气。从前的日色变得慢，车、马、邮件都慢，一生只够爱一个人……"

漫步萝苜田老街，从一条条或悠长或弯曲的幽静巷子穿过。巷子里的老房子，仍保留着旧时的模样，翘角的飞檐、雕花的门窗、红砖铺就的庭院……最有味的还是那些二楼临街的美人靠。它们褪去了昔日的鲜亮，袒露出暗色的纹理，像迟暮的美人风韵不减。美人靠内，双扇的木窗一律紧闭，不禁让人想起郑愁予的诗："我打江南走过，那等在季节里的容颜如莲花的开落……跫音不响，三月的春帷不揭，你的心是小小的窗扉紧掩。我达达的马蹄是美丽的错误，我不是归人，是个过客……"

五

环绕着萝苜田小洲的几条小河里，最有名的要数宫口河了。旧时涵江的商船先是驶进新开河，经咸草顶抵宫口河。那时的宫口河，十步一个小码头，三十步一座桥，河上舟楫如流，岸上商贾摩肩接踵，长长的货仓绵延百余米。一道道拱门回廊里、红砖骑楼下，是众多老字号店铺："远东"大旅社、"双茂隆"布庄、"顺兴"鱼行、"复茂"饼家、涵江戏院……小镇酿酒专家"酒俊"酿的荔枝酒甘甜清冽、风味独特、远近闻名。他那端庄俊俏、亭亭玉立的女儿往店里一站，就是宫口河一道美丽的风景。夜幕降临，宫口河上，微波荡漾的河面上倒映着千家灯火，一盏一点，盏盏点点，这是自由诗，这是交响乐，是"阶前流水桨声远，巷月桥影梦里长"的旖旎的水乡画卷，是"春水碧于天，画船听雨眠，垆边人似月，皓腕凝霜雪"的梦中的江南。

　　自小就生长在涵江的诗人朱谷忠先生说，每次看到关于水乡小镇的相片，就想起了小时候的宫口河，想起鳗巷，想起这桥，这水，少年时听木船的鸣笛声夹杂着沿街商贩的叫卖声，还有两岸的欧式建筑的红砖大厝……那真是令人怀念一生的水乡梦境。他在《我的涵江》诗中写道：

　　　　半生在外闯荡

　　　　最终发现，其实我一直未能

　　　　走出涵江那一脉温柔的水域

　　　　和一片碧绿的梦乡

　　　　因为涵江的水

　　　　从我儿时就在身上

　　　　渗着不尽的诗意

　　　　至今仍未拧干……

　　"浮云游子意，落日故人情"。每个人心中都有故土情结，所有从水乡古镇走出去的游子都可以依稀从萝苴田街区里找到自己的根与魂。不知何时开始，我们只知道拼尽全力地往外走，总想走到更远更大的地方，美其名曰：诗和远方。但无论我们身在哪里，都不能忘了来时的路，不能忘了自己的根。"求木之长者，必固其根本；欲流之远者，必浚其泉源。"习近平总书记说得好：对生于斯、长于斯的这片土地的热爱，是人世间最深层、最持久的情感，是一个人立德之源、立功之本。

　　"羁鸟恋旧林，池鱼思故渊"，走访萝苴田老街区、探访古建筑就是为了体悟其中蕴含的乡土历史文化信息，唤醒自己"把根留住"的意识，留住乡愁，让自己处于扎根状态。只有扎根了才不会虚无，才会有属于我们的诗和远方！

乡村振兴画卷，在萍湖村徐徐展开

□ 陈元邦

　　早晨，车从宾馆出发，穿过城区，上了高速，大约45分钟的车程后，一幅风光迤逦、充满诗情画意的画卷展现我的眼前，同行同志告诉我，萍湖村到了。下了车，村支书陈维樵热情地招呼我。他是一位十分壮实的汉子，一开口，一股浓浓的莆田腔。寒暄之后，我了解到他是2018年回乡担任村支书的，原本在福州开食品商店。他领着我一边参观村容村貌，一边给我介绍村里的情况。

　　我环顾远山，远山的树上有如一只只白鹭泊在枝头，阳光映照，泛着银晖。陈书记告诉我，那是枇杷林，眼下正是枇杷生长时节，远看如一只只泊在枝头的"白鹭"，其实是给正在生长的枇杷罩上的一个个"套子"。罩上它，既能防寒，也能防止鸟儿咬啄，损害枇杷的品相。

　　满山遍野的枇杷树，为每一棵的枇杷罩上套子，那得多少工作量啊！陈书记笑了笑，风趣地说，这就好像一个姑娘，貌美了，更让人心仪。这枇杷品相好了，才能卖个好价钱。我问陈书记，村里一共有多少亩枇杷，一年能够给村民带来多少收入。书记说，村里一共有800多亩，一年可以收入300多万元。

枇杷是村里的支柱产业，这些年，村里把提高枇杷品质作为乡村振兴的重点，努力发挥乡贤的作用。他说，村里有位乡贤郑少泉，是省农科院的枇杷种植专家，每年他都几次回到家乡，开展技术培训，手把手地传授枇杷种植技术。

提高枇杷品质，关键在品种。这几年，村里大面积进行品种的更新，淘汰那些口感不好、长相不佳的品种。眼下，新品种已经逐渐替代了老品种。被书记这么一说，我还真是想看看被套子罩得严严实实的枇杷，识一下"庐山真面目"，我踮着脚尖，还是没有看到里面生长的枇杷，倒是有一株没有罩上套子的枇杷树，一根枝条上长着四五粒枇杷，抱团而生。看到这些枇杷，心里就涌起儿时吃枇杷的滋味，这味，酸中有甜、甜中带酸。

站在桥上，环顾村庄，萍湖村村落四周被群山环抱，呈东西走向，环境幽静典雅，东有夹漈山，西有石柱山，南有越王台，北有五角仙洞、泗洲文佛寺、老鹰山等。萍湖村境域由考马洋梯田和楼下洋、下畲洋两小平原及大林山、老鹰山、萍山组成。一条溪流从西向东穿村而过，这溪，有个美丽的名字，叫萩芦溪，读来诗意盎然，这溪，涵江人称之为母亲河。萩芦溪在萍湖这段又称为萍湖溪。走在溪畔，溪水潺流，空中云彩，溪岸的树倒映水中，湖光潋滟，有如一幅淡淡的水墨画，不时地还有些鸟儿盘旋在溪面上。萩芦溪所流经的萍湖地段被三个人工造的陂分为三个硕大的人工湖，勤劳智慧的先民用筑"陂"的方式截断水流提高水位，引水灌溉下游平原，利用水位落差推动"蜘蛛"水车转

萍湖村（黄智三　摄）

动，把溪水提到所需高度来浇灌临溪的楼下洋、下畲洋两片小平原。其实，莆田话所说的"陂"，就是我们通常说的"坝"，其形如琴，功用是为了提升水位，水位低时，水被蓄在了"陂"内，水达到了一定的量，多余的水就顺着琴的"凹"处流出了"陂"，向着下一个"陂"流去。

　　春风吹拂，溪岸小草已经长出新绿，几丛芦苇在风中摇曳，给人几分荒芜的感觉。我喜爱这种荒芜，添了乡村的韵味，我一直以为，乡村就应当多些乡土味，多些原生态的东西，多些鲜花、多些绿意，少些钢筋水泥。支书兴致勃勃地说："花影不离身左右，鸟声只在耳东西。"他们要将萩芦溪一溪两岸进一步美化，种上樱花、桃花等，还打算在溪岸两旁的闲置空地上种上鲜花，用美吸引游人。

萩芦溪是我们村的宝贝，也是先辈世代呵护的重要资源，我们要用好，更要保护好。支书兴奋地说，他们已经与市内的一家知名旅游公司签了合同，要在溪中小岛上建一处帐篷营地，进一步利用乡村的自然风貌，发展乡村游。

萍湖村多数的自然村坐落在萩芦溪的两岸，我问村支书，刚才看了你们的村史介绍，有梯田和竹林。支书说，萍湖村是个平原与山区接壤的地方，除了目之所及之外，还有些自然村地处半山区，我们把这些梯田打造成既可种粮，又可观光的梯田，让它成为网红打卡地。

我们顺着"陂"，过了溪。先去了吴妈宫。这村里为什么要供奉吴妈呢？陈书记告诉我，按今天的话说，吴妈是位医生，游走各方，为百姓治病，百姓为了纪念她，专门建了宫，以纪念这位为民解难者。他还告诉我说，不止萍湖村供奉吴妈，仙游等一些乡村也供奉吴妈。我望着吴妈宫，红墙灰檐，庄严肃穆，它是一处民俗，也是一处文化景观。

萍湖村不只是山清水秀，而且有着丰厚的人文资源。溪畔有一条长廊，专门介绍郑樵。我在长廊中仔细地看着有关郑樵的介绍，村支书在一旁非常自豪地告诉我，萍湖村的人文景观十分的丰厚，附近有鹧鸪墩古文化遗址、岭埔头古文化遗址等远古遗址；有越王台、芗林山、南峰寺等与萍湖息息相关的人文之地，还有许多古匾、古碑、古坊、古井、古迹、古树、古墓等。我听后也有些惊讶，一个乡村，有着如此深厚的历史文化土壤，承载着厚重的文化记忆，实在也不多见。

走进长廊，我走进了一位先贤：郑樵（1104—1162年），字渔仲，是我国著名的历史学家，宋崇宁三年（1104年）生于萍湖。宋绍兴二十七年（1157年），郑樵已修书五十种，献给皇帝，被授右迪功郎，但没有接受，回家后，筑草堂于夹漈山，编纂《通志》丛稿。绍兴三十一年（1161年），《通志》书成，郑樵到临安献书。适逢高宗赴建康（今南京市），戒严，未得见。第二年春，高宗还临安，诏命郑樵将《通志》缴进，高宗授他枢密院编修官，是时，他已病逝，终年58岁。郑樵一生述著颇丰，多达81种，669卷，又459篇。其中著名的《通志》200卷，就是在夹漈草堂中写成的。

我与庄边镇的镇长和驻村的镇人大主席、村支部书记一起喝茶聊天，话题自然是做好萍湖村乡村振兴，尽管招数各异，但信心满满。他们说，萍湖村从一个贫困村变为省级乡村振兴示范村，为全面推进乡村奠定了很好的基础。萍湖村是省级乡村振兴示范村，就要在示范上做文章，就要在示范上显担当。说起未来如何推动乡村振兴，村支书兴奋地说，把握特色，避免同质化。推进萍湖村的乡村振兴优势在产业、自然景观和人文景观，优势既要互补，更要融合；乡村振兴，是为农民建家园，要让农民得到实惠，农民有了好处，参与的积极性就会高涨。眼下的萍湖村，相当部分的村民在外经商创业或是在外打工，要把村民组织起来，让他们在家门口创业，在家门口就业……

一幅蓝图，在聊天中徐徐展开，这张蓝图很美，我对萍湖村的未来，很憧憬。

蓬勃生长的张洋村

□ 曾建梅

农历二月的莆田涵江新县镇张洋村，穿村而过的湘溪两岸正开满了红艳艳的碧桃，绿水红花，春意盎然。我抬头一望，远山上却是一片白茫茫的霜雪，一问才知，那不是霜雪，是二月的枇杷娇嫩的新果被套上了白色纸袋，以防止鸟虫的伤害。

古松掩映的夹漈山幽静宜人，被山峰四面拥抱的这个小村庄更是沃野深藏，四面环山，中有一溪，自村中淌过，溪水清绿，如一柄绿如意。沿溪有溪宫、镜湖楼、步云洞、大圣庙、文灵宫等文物古迹可参观，两端有文笔峰、夹漈山可登临。丰富的天然资源，再加上乡村振兴的东风，一个小小的村庄这几年得到的政策资金支持已达五六千万元，硬件设施得以不断改善。镇里还对接了海峡对岸，擅长于文创设计的台湾团队参与乡建乡创，为张洋村的发展出谋划策。可以看到村中一片开阔地上醒目的规划图，村庄康养区、居住区、亲水步道、森林登山步道、帐篷露营地、森林瑜伽基地等，井井有条，极其规整和对称。

本地的柯姓副镇长，曾在此村任第一书记七八年，怀揣这片钟灵毓秀之地，一心想要好好地开发起来。他开了自家的车带着我们各处看，满怀热忱地讲解、展望，在他眼中似乎已经看得到每一处景观的生长和改变。

湘溪两岸建了生态步道，铺了红色的米石，村民可以缓行或者跑步；村中已经无人居住的老宅，修整一新，又在周围建成口袋公园，以供公众休闲；湘溪岸遍植碧桃、木兰、黄风铃木等高大的观赏树种，有木制的水车放在溪中，亲水区还建了游客小码头，停泊着几艘可爱的脚踏船。春天正是游人踏青的时候，不少城里人就三三两两开着车带了帐篷来此露营泡茶。

乡野成为乐园，人们一有空闲就想要往山里去，往溪边去，往春芳深处去。清清的水面露出来，人仿佛也如水中鱼儿透气一般。流水映着春红，玉兰和黄花铃木也要开了，天气暖了，游客会更多。

溪岸的公共用地上开阔处是一片箱房，有茶室、产品展示台，还有装了空调的透明办公室，那是村里建的创业基地。因为疫情，这两年很多项目都停滞了，现在镇里的干部正紧锣密鼓地想要恢复进程。到时候春有枇杷采摘品尝；夏可避暑亲水游；秋有田园丰收节，赏金黄稻田；冬可组织研学，体验民俗。四季有主题，月月有节庆。

福建省方志办下派到张洋村的第一书记姓薛，河南人，从部队转业至方志办，这两年驻张洋村对口支援。作为新福建人，他也习惯了以茶待客，在山顶的茶室泡了玫瑰茶招待我们。柯副镇长又从车上拿了一包传统的白色糕点，说是本地特色小吃，名为

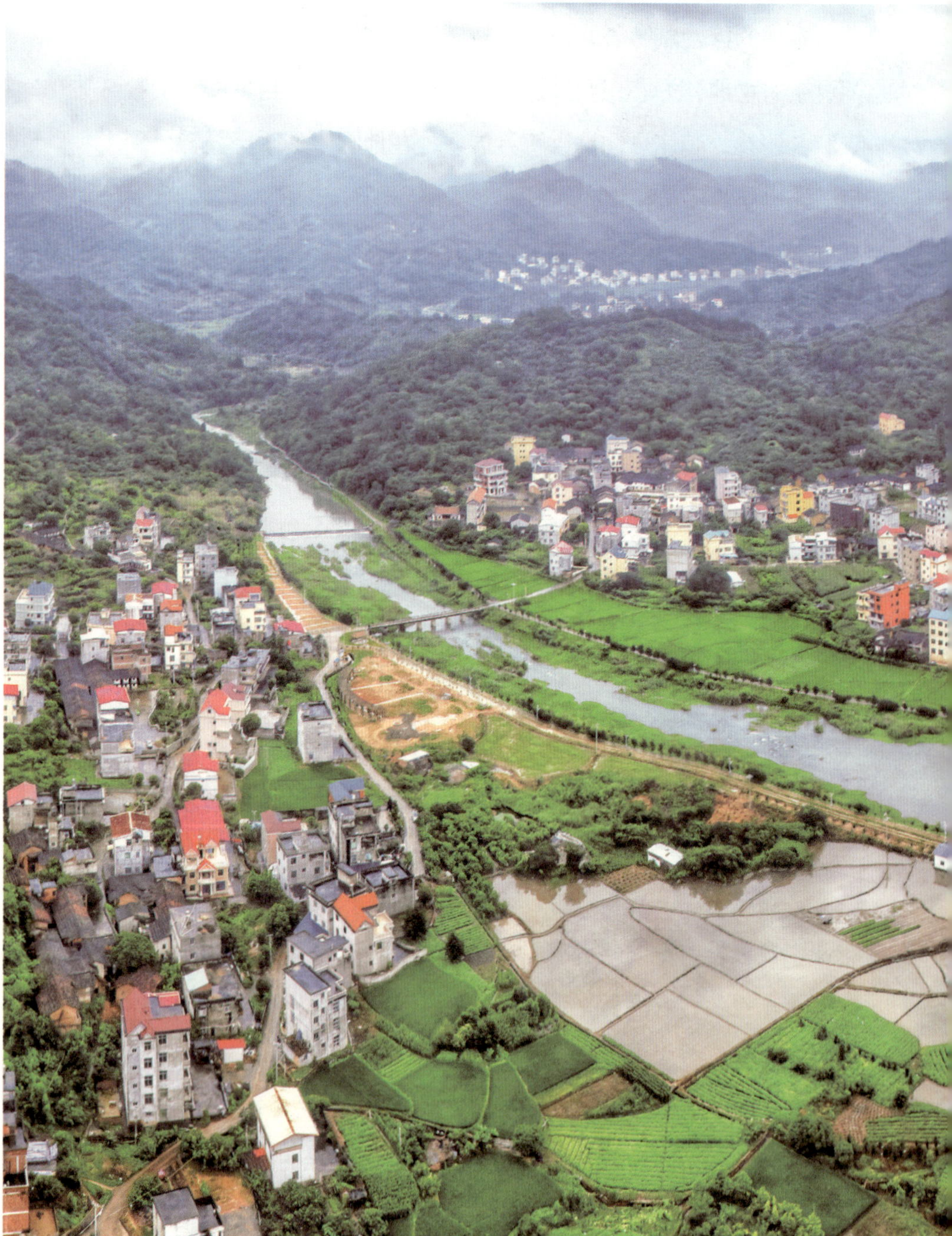

张洋村全貌（范将　摄）

新县方糕，只是包装稍显简陋，只以透明塑胶纸四折包裹。但拆开来咬一口，酥软香甜，还带着些温热，上下层蒸米糕夹以白糖芝麻或绿豆花生泥为馅，有点像桃片，但口感更软糯，馅有猪油香。我忍不住又吃了一块黄色豆沙馅的，极古早简朴的中式点心加上村中自采自晒的玫瑰红茶，真是绝配。

柯副镇长拿出手机给我看台湾团队为他们设计的方糕礼盒包装，与夹漈先生的IP形象结合起来，"糕风亮节"的卡通字体更能让年轻人接受。这些设计方案在厦门的博览会上展出时吸引了不少关注，已经准备批量生产。

他忽然语含惋惜地说，要是你们再晚上半月来，就能吃到上好的白梨枇杷，比市面上卖的味道好多了，便想起早上从夹漈山巅逶迤而下，车行一路，两边都是漫天霜雪一般的枇杷园。柯副镇长介绍说枇杷秋日蓄蕾，冬季花开，春来结子，夏初果熟，经"四季雨露"，只是养护起来颇费人工，要剪枝，要疏花、疏蕾、疏果，一个个套袋，采摘的时候因为成熟程度不同，也只能人工甄别后分期采之……这一切都依赖人力，无法实现机械化，因此成本高，价也昂，但它周身是宝，枝叶花皆可入药止咳，果可食，又可熬枇杷露，以后我们还要打造加工产业链，制成饮料、保健品等系列产品……这朴实的爱乡人，恨不得将村中宝贝一一向我们展示。

文化游、采摘游、亲水游、休闲民俗游，新县张洋的确资源丰富，游人既可以带孩子来此玩水、采摘，也可以带家中老人来呼吸新鲜空气，露营、垂钓，采摘，还可带孩子体验传统点心方糕、白粿的制作……有这多吸引人的地方，乡村发展最难的是什么呢？村镇干部异口同声：不是资金，不是硬件，是人！缺少做事的人，什么项目都是短期的，不可持续，人一走，很多项目就烂尾了。所以如何让年轻人在乡村留下来是当下最急迫的问题。

镇上、村上正在做的一项工作就是与莆田各大中专高校建立合作机制，吸引有实力的公司来投资，然后帮忙对接高校毕业生，先在公司里打工学习，等到时机成熟再帮忙申请青年创业补助的资金和政策，鼓励他们在村里创业，以此留住年轻人。这一方面可以缓解日趋严重的就业压力，另一方面可以解决农村缺少人手的困境。但这些具体的工作需要村干部从各个层面、各个部门去争取与疏通，"乡村振兴"不是一件嘴上说说的事儿，涉及了太多具体的问题，考验着我们的基层干部。

美丽多元的张洋村其实也是中国当下一些农村的缩影，一方面将清修苦读的读书人郑樵作为偶像一般崇拜，说起他筑书院于高山深处，寒窗苦修《通史》的事迹如数家珍，另一方面又要下一代长大了拼命赚钱、出人头地，光宗耀祖。一边宣扬追慕读书人的孤独与出世，一边却不愿意回到故乡享受乡村的宁静，这的确是令人难以言说的矛盾，不晓得夹漈先生活在今天又会有怎样的选择。但按照《易经》的说法，矛盾和两极也是推动事物发展的动力，张洋村地貌也形似八卦，湘溪蜿蜒，将村庄隔成了两半，也就在这种对立统一当中，村庄蓬勃生长、发展变化到了今天。

中午吃完饭在镇政府二楼的走廊上，抬眼就可望到乡间的菜地，油菜花正在盛开，有大只的喜鹊和不知名的长尾鸟飞来飞去，发出悦耳的鸣啭。院子里一棵上百年的白玉兰树正在吐苞，风吹过时可以闻到清幽花香，不知道同志们在辛苦工作之余是否会停下来闻一闻这花香。

忙碌的柯副镇长下午还有别的工作，跟我们抱歉地说要失陪了。希望他心心念念的乡村振兴计划可以早日变成现实，也希望他开着小车在乡间忙碌穿梭的当儿，可以慢下来听一听鸟鸣啁啾——这真是一个矛盾的祝愿啊！

金牌旅游村坪盘漫游记

□ 严美贵

　　阳春三月的早晨，太阳照在绿茵茵的草坪上，晶莹的晨露像银珠一般闪闪发光，蔚蓝的天空，春风牵着几处稀疏的白云，缓缓地漂移着。我坐在白色的越野车上，向着莆田涵江西南方向50千米开外的山里奔驰。约莫50分钟的路程，我们到达声名远播，仿佛在梦幻里曾经相见的白沙镇坪盘村。

　　下车走进村口，迎接我的是村党支部书记陈妲莎。

　　陈书记告诉我，坪盘村有九个村民小组，1100多人口，这里位于海拔400多米，方圆13平方千米，四周是翠绿连绵的秀山，中间地势平坦，像一块大的彩色盘子镶在其中，故名坪盘村。

　　坪盘村少说也有五六百年历史，据说这里的村民是从中原外地迁徙而来。说话间，一行人进了村，热情的村委黄鹤云带着我来到北面快要倒塌的墙边指着一块碑石说，这块碑石躺在这里许多年了，上面记载着嘉庆四年字样，墓碑主人离开人世至今也有200多年了。据上了年纪的老人说，这个村祖上是明朝洪武年间就开始有人刀耕火种，栖息生存。村寨聚集了16个姓氏的人家，坐落在群山簇拥的山峦上或山脚下。

坪盘村南面有约两万平方米如墨绿色镜子一样的小湖泊，拼在盘子里，也有人叫它镜湖。从狮子山涧飞流而下的三千米乌蓝溪水直入湖中。溪水上一架五米高的水车载着滚动的浪花，唱着咿呀哗啦悠扬的歌声。溪水两旁和田道上的2000多株樱花盛开正浓，一朵朵、一束束像少女般婀娜多姿，时而一笑掩羞，时而情窦初开，欢悦地迎着四方宾客。两千米长的樱花林，像两条粉红色的彩带迎风飘着，为这里的山川水溪调色添彩。在这里，还有近三百亩良田里开放着一团团、一簇簇金灿灿的油菜花，迎风吹来，花枝像是舞袖招手，点头微笑，向游人频频示意。燕儿衔着春泥在田野上低空飞来飞去，一群蜜蜂在黄色花朵上忙着穿梭采蜜。

放眼望去，坪盘村四周秀山脚下排列着一座座、一栋栋错落有致、青瓦白墙的乡村联排别墅，让人喜形于色，羡慕不已。

时至中午，好客的陈书记邀我到村委家做客。走进这栋坪盘村统一规划设计的别墅小楼，着实让我惊叹。这里有宽敞明亮的客厅，有南北通透的卧室，有休闲聊天的茶室，有单列一处的餐厅包房。内观清新优雅，外部露台楼阁，门口还有30多平方米的小花园。

我来到三楼客房小憩，亲身体验一下农家别墅的韵味和独特风格。掀开窗帘望去，满目金黄色菜花、粉红色樱花欢乐地开着，镜湖上的水纹荡起波光，水车儿扬起浪花，不停地滚动着，游客三五成群与花儿零接触，争相拍照留影。这如歌的春野，这如画的风景，这亮丽的乡村，在农家别墅里就可尽收眼底。

别墅的主人告诉我，住在这里真有不拘一格的惬意，白天在果园子里育花摘果，晚上在虫鸣蛙声的催眠曲中睡去，早上在树林百灵鸟雀鸣闹的伴奏声中醒来，出门抬头望见的是蓝天白云，脚下行走的是宽阔的大道，吸入肺腑的是清新有氧气体，品味的是农家肥料培育的稻米和果蔬。美感无处不在，风景无处不有。村民们每天都在快乐地演奏着现代山村幸福的音符。

在装修一新的村部，我见到了老支书黄国强，他看上去60有余，虽然额角有几道皱纹，眼里却闪烁着智慧的光芒。他对我说，过去很长一段时间，坪盘村是不通公路、不通电、有风无水的荒凉地方，加上十年九旱，遇旱缺水，大片稻子枯死，粮食亩产只有一两百斤。农民吃不上米饭，只能天天靠地瓜条和野菜充饥；没有钱买不起衣服，有的夫妻俩轮换穿一条裤子；没有钱买油盐，不少村民营养不良，脸上蜡黄蜡黄的，走起路来像打摆子，全身无力。

这位在坪盘村任职20多年的老支书，右手老练地夹着烟卷，深深吸了一口，继续侃侃而谈：那时候坪盘村确实很落后，出坪盘村到城区只有一条崎岖蜿蜒的小路，穷苦的村民起三更睡半夜，天不亮就出发，披星戴月，肩挑100多斤的木柴，单程行走30多里路去城里叫卖，每次只能赚一块多钱，换点油盐米回家以维持生活。

月转星移，一丝春光照射大地。1983年，农村里实行生产责任制，村里开始包产到户，但有田、有地却没有水，遇到旱灾时，粮食产量仍然产量很低，很多农产品没公路、没汽车运不出去交换货币，农民还是很穷。

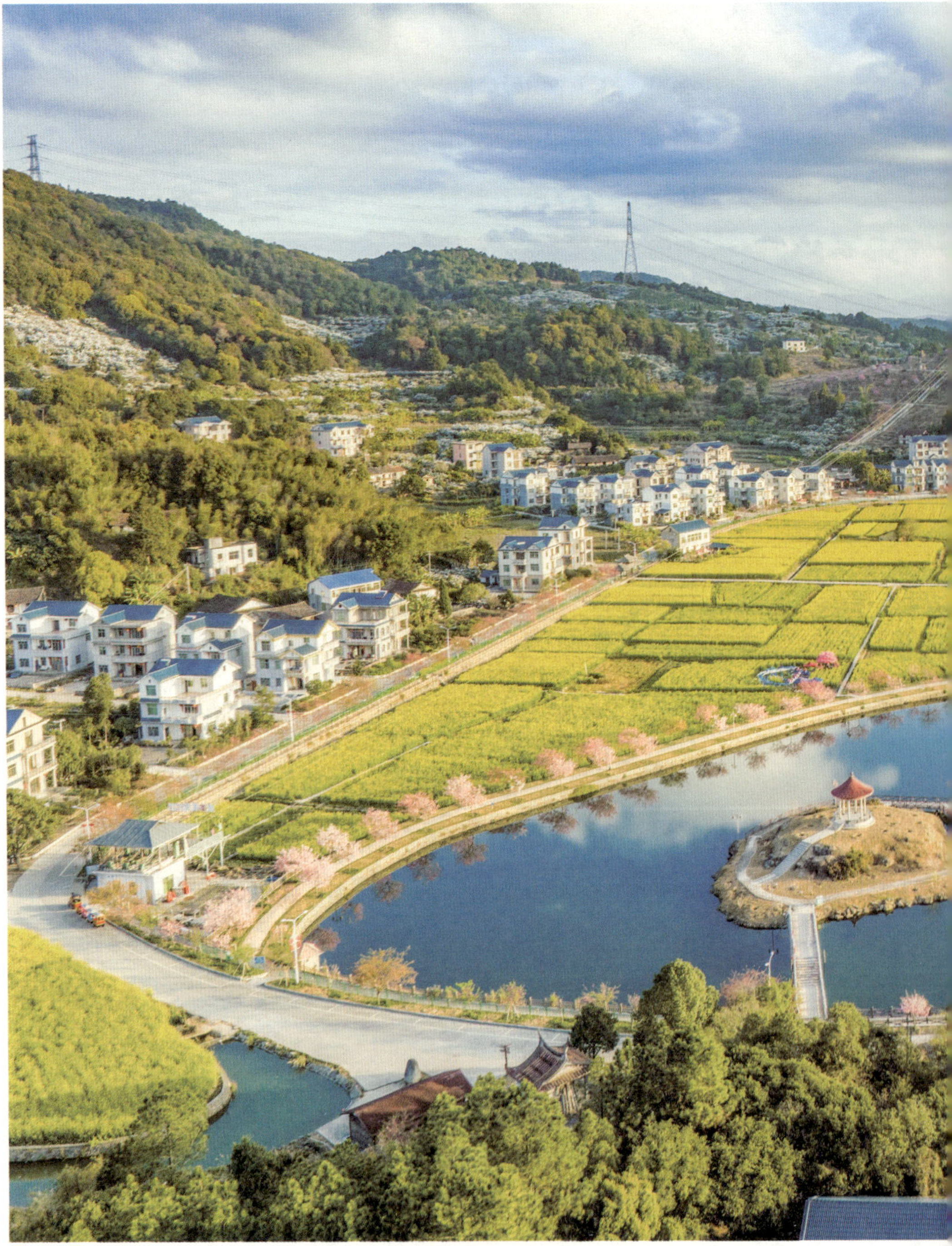

坪盘村（李翔　摄）

　　靠山吃山。1985年，农民思忖着引种香菇、蘑菇寻找生路。但种菇需要木料，村民们把山上的长青木、落叶乔木、阔叶树木都砍伐了，加工成粉状木削，制成一个个菇筒，注入菌种，培育成香菇、蘑菇、针菇，然后肩扛手提拿到市场上去卖，农民有了一条多少有点收入的渠道。于是村民群起而为之，结果山林被砍疏了，树木日渐减少，几年下来，一座座青山被剃成了光头山，山林和水土遭到严重破坏。这条种菇致富之路难以走通，村民们仍然在贫困中度日，人均收入每年不到400元。1987年，坪盘村被莆田市定为一类贫困村。

　　山路蜿蜒，穷山村发展受阻怎么办？村党支部最终认识到，要致富、先修路。村领导带领全村人修路铺桥，兴修水利，依靠集体的力量，修建了一条八米宽、近十千米长接通市区的水泥大道，还修建了四座小水库和一座水力发电站，没电、缺水、不通车的状况得到彻底改变。

　　山野的春天融化了瘦弱的根枝，春暖花开的时节来了。坪盘村深耕"绿水青山就是金山银山"的理念，唱好山、水、林、田、湖、果"六字歌"，大力引种开发优良果树，发展休闲旅游业，利用坪盘村天然的山区优势资源，开辟了农业果林、休闲旅游、劳动体验、农庄民宿一体化的发展思路，以坪盘乡村游为中心点，形成了九华山—南少林—坪盘村—九龙谷—红色根据地等互通互流旅游路线，引来了越来越多的游客到坪盘观光、考察、游乐、采摘、亲子体检等，坪盘村的休闲旅游风生水起，越来越火。

　　生态好了，绿水青山，路路生财。坪盘村山地上种满了枇杷、脐橙、茶叶等。那2000多亩郁郁葱葱的枇杷树满山遍野，年产量达到600多万斤。尤其是新开发种植的白梨枇杷，方圆几十千米小有名气。这里的白梨枇杷，以皮薄、汁多、肉白、甜酸适度、风味独特而远近闻名，是枇杷中的极品，它不仅口感好，而且营养丰富，富含蛋白质、维生素C、维生素B、胡萝卜素等。一到丰收季节，白梨枇杷一斤难求，就连本村领导需要也要提前预约，上门等待。就这样，坪盘村的枇杷产业链成为村民一条致富主业之路，全村一年仅此收入就达到1200多万元。

过了中午，太阳开始慢慢西斜。我沿着乌蓝溪向村西方向漫步，跨上388个台阶，便登上了狮子山的山顶观音阁。从山顶俯瞰坪盘村，四周青山相拥，盆地金光一片，樱花和油菜花、墨绿色镜湖、滚动的水车还有如织的游客，犹如一道百看不厌、靓丽的风景画。狮子山南面是樱花园，种植了日本吉野樱、台湾牡丹樱、本土的山樱、醉美人和蝶之恋等多品种的樱花，群花璀璨，目不暇接。回望狮子山顶上七彩滑道顺势而下，高山索道不时地在花海如潮的田野上空划过，为休闲旅游者再添娱乐新景象。

有道是雁过会留声，花开也有期。三四月油菜花、樱花谢客之后，坪盘村休闲旅游是不是逊色了许多呢？

陈妲莎书记似乎看出了我的疑惑，笑着说：三四月油菜花、樱花谢过之后，五六月有荷花，七月有向日葵，八月有格桑花，九十月有菊花，后面还有多年生耐寒的紫色薰衣草布道。这里四季有花海，全年是美景。

个子不高，看上去敦实厚道的前任支书林鸿飞接着话题，自豪地说，现在坪盘村生态优质，清新适人。山林里时常有野猪、野兔、野鸡出没，树枝上不下百种鸟类在争鸣。每天来这里的游客络绎不绝，旅游旺季，一天游客不下2万人，仅景点门票一项收益一年村财收入就达到三四十万元。

人口不多、经济条件较差的坪盘村硬是靠自己的力量修建了水泥大道、水力发电站和多座小水库，开设了全省唯一的枇杷文化博物馆，建立了中小学劳动教育基地，创立了集体农庄旅社，形成了农业休闲、采摘耕乐、科技研发，劳动教育体验为一体的人文生态金牌旅游村。昔日贫困落后的穷山村，变成了城里人都羡慕的绿色小康旅游村。

一枝一叶总关情，众多荣誉来之勤奋创业。2007以来，坪盘村先后获得"全国旅游重点村""全国文明村""国家级生态村"、福建省首批"金牌旅游村""全国绿色小康村""福建省农村社区建设示范单位""福建省生态村""福建省休闲农业示范点"等荣誉称号，成功创造了一条走生态路，做生态事，吃生态饭，建生态小康旅游村的新路子。

太阳快要落山了，伴随着漫天霞彩，我凝望着美丽富裕的坪盘村，心里涌起了不尽的留恋……

一个人和他的"国"

□ 杨静南

夜里下过一场小雨，我们抵达位于白沙镇龙东村的香积国香草庄园时，园子地面还微微有些湿润。这季节金银花盛开，庄园的铁拱门上披挂着一大串一大串的金银花。这些花色彩鲜艳、饱满，就像是一簇簇燃烧的火焰，每一朵花里都蕴含着炽热的能量。

从车上下来，顿感空气清新。园子里满眼的金翠，还有正对园门就可以看到的一个佛陀头像造型，我心里立刻明白，这一趟是来对了。香积国距离涵江市区并不远，大概只有20千米。园子的主人是台湾佛像雕塑家吴进生先生，在涵江采风选题确定之前，我并不知道香积国主人是谁，后来听当地朋友解说，才知道他竟是我十几年前就采访过了的吴进生。时隔16年，再次与昔日的采访对象重逢，说起来也是人生中难得的缘分。

之所以把园子取名为"香积国"，吴进生解释说来源于《维摩诘经》。《维摩诘经》"香积佛品"上说，"上方界分过四十二恒河沙佛土，有国名众香，佛号香积。今现在，其国香气，比于十方诸佛世界人天之香，最为第一。"在白沙租地建了这个园子后，吴进生想来想去，觉得他自己是佛像雕塑家，园子里又种植了大量香草，再没有什么比香积国更切合的名字了。

吴进生早年毕业于台湾艺术大学雕塑科，年轻时在高雄开办佛像雕塑工厂，逐渐形成了自己的艺术风格。1999年，吴进生应邀参加首届中国雕塑论坛，在会上与之前在台湾就见过面的莆田工艺美术大师方文桃再次相遇，深入交流之后，吴进生发现莆田工艺美术市场创作氛围浓厚，产业链完整，分工明确，从业者也非常勤劳，不像他在台湾要一个人包揽设计、泥塑、开模等塑像全部流程，吴进生由此决定要来莆田发展。

香积国是2008年开始兴建的，吴进生当年的佛雕工厂在白塘湖那边，工作疲劳时他就会到龙东村来泡温泉。那时候涵江正好有招商引资计划，吴进生就租了这片50多亩的土地来做香草园。谈及造园的想法，吴进生说，一方面是他的专业，也就是用专业赚钱的营生；另一方面是与此配套的到国外去学习、旅行的经历。而现在这个香积国则是他把理想和现实结合在一起的场所，"以前我研究人心（佛法），在这里我研究植物，这里就是我修行的道场。"吴进生说。

刚开始造园时，吴进生和工人们一起动手，他自己画设计图，指导工人建房子，告诉他们如何通过门窗把外面的溪水、山景、竹林、草木都借到里面来，他还会给工人示范如何拼贴彩色的瓷砖，让它们呈现出不一样的风格。

"大自然的样貌已经很漂亮，我只要把自己的一些思想、观念加到里面去就可以了。"吴进生经常在世界各地行走，他把自己的见识、文化素养、佛像造型上的修为等等都结合在一起，经过三年多时间的打造，香积国终于有了他想要的面貌。

从总体上看，香积国偏向于欧式的乡村风格，但同时又具有东方的禅意审美。虽然种植了罗勒、天竺葵、柠檬香茅、迷迭香、七里香、薰衣草、紫苏、甜叶菊等近200种带有特殊气味的芳香植物，但吴进生刻意让园子保持着一种原始、没有太多修剪的状态。他有一个植物放生的理念，"不管是从外面买进来的，还是移过来的，找到适合的位置就把它放生，适当地给它调教就可以了。"

香积国主打香草文化，在薰衣草区域，吴进生种植了齿叶薰衣草、羽叶薰衣草、狭叶薰衣草、甜薰衣草等20多个品种，夏季薰衣草开花时，呈现在眼前的是一片紫色的浪漫大地。香积国位于龙东村五里林温泉区，园区内就有微带碱性的温泉水，结合澳洲茶树、迷迭香提取的精油等，游客可以在汤屋内享受香草温泉，舒展放松身心。为接待学校的户外教学活动，吴进生还在香积国开辟了农场区域，农场里种植了南瓜、西红柿、朱槿、仙人掌、咖啡、锦屏藤、洛神花等近百种乔木、瓜果和蔬菜，城区的学生可以在这里认识植物、了解自然。

品种繁多的香草除了可以观赏、泡澡、做成茶饮外，还成就了香积国独特的香草料理。吴进生说，植物身上可用的，花也好，叶也好，根也好，茎也好，属于香草的或属于中国人一般称为草药型的他们都可以把它放到食物里面去。

香积国会为有预约的游客提供一些简约料理，比如香草烤

香积国（白沙镇　提供）

鸡、培根比萨、紫苏松板肉、杏仁土豆丸等等，喜欢紫色的他们有紫薯，要口感冰凉他们有薄荷，甜点有甜叶菊，芳香的有百里香、迷迭香和薰衣草，蒸鱼有柠檬香茅。他们的食材大都取自园区，不需要再去做人工调料，也不会去买那些味精、鸡精。

　　闲谈时说起大自然赐给我们的美食，吴进生感慨现在很多食物的味道人们都忘记了。"萝卜是什么味道？胡萝卜是什么味道？竹笋是什么味道？大家都不知道了。人工的东西太多，罐头的东西太多了。"对于食物，吴进生是有耐心的。他希望能够细心地烹饪，即使饿一点也没有关系，因为需要有这么一段时间去缓冲。这样吃饭的时候，就可以把每一道菜的味道和层次都吃出来。"我们的食物吃起来要有这座山的味道。食物不但要吃得健康，还要吃出一颗宁静的心。"吴进生望着窗外的山林说。

兴建香积国之前，吴进生还在莆田城区东北面的东圳水库边修建了一处"渔人码头"。2007年秋天，当时还在莆田工作的我就是在渔人码头采访过吴进生。租下那个原来用于常太库区村民出入，后来因为环水库公路修通而废弃了的码头，吴进生用两年多时间对老码头原有的建筑进行了改造。通过对马赛克大胆、随意而又富有想象力的运用，荒芜已久的码头变得色彩斑斓。在我的记忆中，地中海风格的建筑外表、大树底下慈悲静穆的佛像，吴进生从世界各地带回来的物件，就地取材用小船改造成的花坛，墙上的爬山虎，所有这一切都和眼前水库秀美的风光融为一体，同时也阐述着吴进生对生活和生命的理解。

渔人码头因为在水库的水源保护区，吴进生自住了一段时间，后来就交给他的女儿女婿打理。2011年，吴进生的女儿吴孟真与女婿曾崇信在台湾结婚后，也选择了跟随吴进生来莆田发展。经过在渔人码头和香积国的锻炼，吴孟真夫妇现在在莆田天马山上开了间"上山听湖"咖啡馆。吴进生把"上山听湖"的图片发给我，原来咖啡馆就在原来渔人码头更上面的山上，对面就是东圳水库美丽的库区。在吴进生看来，他女儿打理的这间咖啡馆，拥有全莆田最美的黄昏和夕阳。

吴进生50岁左右来到莆田，如今他虽然年逾七旬，但看上去要比实际年龄小许多。他现在住在距离香积国很近的一个小院子里，这个小院子当年是和香积国一起建起来的，吴进生本来想要用这地方做一个自己闭关的场所，现在喜欢安静的他经常住在这里。吴进生给这院子起了个"何求兰若"的名字，"生命的历程告诉我，任何事情都要认真地去做，享受过程的愉悦是最重要的，对于结果则不要太执着。"站在写有院名的木匾前面，吴进生对我们说。

这几年因为疫情，吴进生不能像以前那样继续环游世界。现在每天早上起来，他就拿着手机拍园子里的植物，拍松鼠猫狗，拍树间的鸟雀与昆虫，然后在微信、朋友圈里和朋友们分享。早餐后，他会在电脑上处理一些图片和文字，中午小睡一会儿继续干活。这一段时间，他把很多精力都花在画佛像上面，有时候也看看佛经。吴进生说他比较早睡，也没有什么夜生活，他觉得生命不能浪费一丝一毫在那些他觉得不长进的事情上面。

在青山绿水中"入山随宿"

□ 傅　翔

　　涵江，隶属于福建省莆田市，地处莆田市的东北部、福建省沿海中部，濒临兴化湾，依山面海，与台湾一水之隔。涵江拓于唐，立于宋，兴于明，自古商贾云集，人文鼎盛，素有"风光小吴越，财货甲漳泉"的美誉；自古以商兴镇，宋代初开商埠，明代已成为莆田商贸中心，清末名列福建四大重镇之一，抗战时期有"小上海"之誉，是一座历史悠久、文脉绵长的千年古镇。历史上，这里涌现出史学家郑樵、监察御史江春霖、抗金名臣李富等名人。革命战争时期，留下了外坑乡苏维埃政府旧址、大洋闽中支队司令部旧址、红军207团旧址等红色资源，是"闽中红旗不倒"的精神起源地之一。

　　唐贞观元年（627年），境内围海造田，筑涵（即水闸）排涝，故称涵头（即涵江最早地名）。据明弘治《兴化府志》记载：宋代，"刘氏初开水心河"，始有"涵江"之称。区内水网密布，河道纵横，木兰溪、萩芦溪穿城而过，素有"小香港""东方威尼斯"的美誉。

第一次到涵江，不知有什么可看可走的，不曾想竟大大出乎我的意料！不说郑樵、江春霖与李富等名人的遗迹与传说，也不说萝苜田厚重的历史遗存与秀美的水乡遗韵，更不用说鳞次栉比的红砖古厝与富甲天下的商贾传奇，单单说白塘湖的月色烟波，兴化湾的雁阵归舟，还有那星罗棋布的革命旧址，就足以让人过目不忘。

比如说一个小小的东泉村，其丰富的革命遗迹就令初来乍到的我唏嘘不已。更令我没想到的是，这里竟留下了两个闽西人——邓子恢与杨采衡深深的足迹，一位是赫赫有名的"农民总理"，一位是新四军的传奇与资深老革命。

在驻村书记陈添毡与东泉村烈士后人王宗涵先生的带领下，我参观了东泉村丰富的红色遗迹与陈列，从列宁小学到一门四烈士纪念馆，从"三座厝"到飞白诊所等众多的革命旧址，我深深地为这片土地上光辉的革命历史所感染，也为这里艰苦卓绝的斗争与前仆后继的流血牺牲所震撼。

赫赫有名的东渡革命根据地，是指以现在白沙镇东泉村为中心的涵盖周边十几个村的一块根据地，是闽中地区最早开辟的农村革命根据地。东渡（东泉）列宁小学旧址其实就是王氏宗祠，1928年，中共在此创办了莆田（闽中地区）最早的红色学校，王纪修任校长。这里也留下了时任省委领导邓子恢、王海萍和中共莆田早期领导人王于洁等人的足迹，在闽中苏区革命史上写下辉煌的一页。1930年，王纪修等在东泉圆通寺召开军事会议，宣布成立中国工农红军第23军第207团。我感到吃惊的是，陶铸、邓子恢、罗明、王海萍、蔡协民、吴亚鲁、曾志等老一辈无产阶级革命家都曾在此留下了深深的足迹，他们不远万里来到这里，为了一个共同的目标与理想，把青春甚至生命献给了这块土地。

东渡亭，俗称佛公亭，地处莆永古驿道旁，古时是南来北往行人的休息驿站。1929年，东渡农民自卫队在此痛击来犯之敌，取得大捷，举行盛大的军民祝捷大会。1937年，闽中工委领导的200名红军战士，在刘突军、杨采衡、雷光熙的带领下北上抗日，乡亲们在东渡亭前举行隆重的欢送仪式。

这是一块英雄的土地，这里发生的故事令人血脉偾张、心绪难平。如"一门四烈士"纪念馆，它陈列的是黄梦喜一家四人投身革命英勇牺牲的事迹，也是当年无比艰苦与残酷的革命斗争的生动写照。黄梦喜（1888-1944年），1929年参加革命，是白沙东泉地下联络站负责人，靠竹编、肩挑收入支持革命，掩护革命同志；1944年被捕，就义狱中。黄国榆，黄梦喜长子，1929年参加革命，后开设飞白诊所，为游击队伤病员治病；1938年北上抗日，任新四军卫生队队长，后来牺牲于苏南。黄国标，黄梦喜次子，1931年参加革命，1942年在永泰县组织村民抗敌反霸斗争中被敌包围，不幸中弹牺牲。黄国妹，黄梦喜女儿，从小担任地下联络站交通员，1941年参加游击队，1947年随戴云纵队转战戴云山，被捕牺牲。

东泉村东临外度水库，南靠魁岭，北与红军207团旧址澳柄宫毗邻。东泉村不仅红色旅游资源丰富，境内还有省级文保单位昭惠新宫、显灵宫、姑嫂社、古驿道崖刻等人文景观。另外，也还有外度水库库区、西洋坑瀑布、石梯坑瀑布等自然景观。东泉村得天独厚的地理环境孕育出百亩耕地、千亩林地，境内东泉溪穿流而过，绿水潺潺，山光水色，风景秀美，土地肥沃。

近年来，东泉村充分利用本村丰富的红色资源，开发修缮了一批红色旅游景点，让红色景点连点成片，同时，进一步开发西洋坑百米瀑布群等生态资源，做强做大生态农业、休闲农业、现代农业文章，规模化种植花卉苗木、蔬菜水果数百亩，形成"红色+绿色"的美丽乡村产业发展模式。

据村支书郭文勇介绍，东泉村致力打造"专业合作社+产业基地"绿色生产模式，不断增强造血功能，拓宽农民致富道路，

入山随宿（白沙镇　提供）

积极引导集体和村民流转土地，推动建立农民专业合作社，创新"社区大平台+消费扶贫"模式，带动当地村民一起致富。同时，村两委努力探索农业与文旅融合的乡村振兴新路子，引进企业投资，盘活东泉小学及流转村民的闲置用地，建设"教育+文化+生态+旅游"的新智慧文旅打卡地。

这个网红打卡地便是一座洁白醒目的民宿，取名"入山随宿"。由于三年疫情，这里已经没有了当年人潮涌动、一房难求的红火景象，显得有点落寞。在村支书的带领下，我还是仔细察看了一番民宿的里里外外。说实话，能在这里住上一两夜，绝对是一种享受。

安宁，静寂，土地平旷，绿野平畴，视野开阔。山野阡陌之间，绿水潺潺；庭前院后，绿草如茵，繁花盛开。民宿坐落在山谷之间，大河一侧，山坡之上，里里外外清一色的白，显得格外洁净。整栋建筑线条简洁，简单大气。虽然只有14间房，但每个房间都堪称匠心独运，各具特色。相同的是采光，大大的落地窗，拉开窗帘，青山绿水，平畴旷野，还有院子里那几棵大树，便扑面而来，晴天时似一幅油画，下雨时，又如一幅水墨，时时移动变幻，那更是一道看不厌的风景。有了这幅看不腻的巨画，躺在床上，或斜倚在窗前那180°的悬浮浴缸里，你便无比宁静与安逸了。

无论是清晨还是黄昏，无论是晴天还是雨天，你都可以在这里感受到乡村与自然的妙处。选个周末，奔赴山野，看青山绿水，寻幽访古，在这鸟语花香的白色民宿小住，闲看云起云落，月华如水，星光点点；静听蛙声鸟鸣，溪水淙淙，雨声沥沥。清晨云遮雾罩，空气清新；傍晚落日余晖，霞光万丈。空气中弥漫着泥土与花草的芬芳，闭上眼睛，深深地吸一口气，你的心便醉了。

民宿四周林木苍翠，鸟鸣清幽，屋内通风透气，视野开阔，抬头便是星空，可见日月星辰，举目青山巍巍，溪流潺潺。偌大的院子里有露天泳池，有秋千，有滑滑梯，还有帐篷可供露营，室内有画室、茶室，屋顶有宽阔的天台。每得闲暇，邀三五好友，煮酒烹茶，谈天说地；携家人小孩，漫步山间，嬉戏玩耍，真可谓自得其乐，其乐无穷也。正如主理人林荔敏所说，入山随俗，入山随宿，春炒茶挖笋，夏避暑戏水，秋摘果酿酒，冬闻香寻梅，每个人在这里都能随心随性，自由自在，这也正是入山随宿的初衷。

请到南坛泡温泉

□ 陈国发

　　阳春三月,莆田涵江到处充满勃勃生机。沿着宽阔的公路,逆萩芦溪而上,满目青山滴翠,溪水欢腾;一片片枇杷林银光闪闪,分外耀眼,那是果实的外衣套袋;一张张笑脸,写满了农民朋友的丰收喜悦;一个个村庄别墅林立,展示着乡村振兴的美丽画卷。

　　车子行驶过半小时,钻进群山的怀抱之中,南坛温泉度假村映入眼帘,它坐落于涵江区萩芦镇南下村的中央。这里四面环山,东靠堡坎山,西望漳泽山,南对梅洋山脉,北临乌寨尖飞鹅寨。在温泉涌流的盆地四周,新村新房栉比鳞次,油菜花在田野怒放,一地金黄;桃溪之水清澈明净,波光粼粼中,鱼虾自由自在地畅游。南坛温泉深藏于此,没有大城市的浮华喧嚣,亦无小城镇的车水马龙,显得格外安宁,让人顿感无与伦比的悠然和释怀,仿佛进入世外桃源。

　　南坛温泉历史久远,据史料记载,形成于5500万年前的侏

罗纪时期，其温泉泡浴历史距今已有千年之久。古时，当地的乡民劳作一天，脱去汗渍斑驳的衣装，到天然温泉里泡一泡，顿觉疲乏全消，精气神倍增，周而复始，年年岁岁。明朝兵部侍郎郑岳《山斋文集》曰："田埂有泉出地上，潴而为池。其清可鉴，其温可浴，宋志所谓温泉。"清代末年，南坛乡民开始利用温泉

南坛温泉度假村景区（黄智三　摄）

资源，开凿了男女温泉浴室各一处，供给附近七里八乡的百姓沐浴泡澡。从此，无论春夏秋冬，来泡温泉者络绎不绝，最甚则是在年关除夕之前，涵江的江口、梧塘、新县乃至福清、永泰的人们均纷至沓来，以泡南坛温泉为乐，洗掉一年不如意，迎接新春好运来。

当地百姓把天然温泉视为圣水，与一个世代延续的传说相关。他们在涌泉处建起了亭子，村里长者时常在泡完澡之后，坐在亭内石凳上，向后生仔娓娓道来，传承一个关于温泉的悲壮故事：很久很久以前，本村一户人家的儿子，十六岁前未发过声，乡亲们称其"哑巴仔"。由于饱受官府沉重的徭役税赋，三世同堂的大家庭，贫病交加，一个个离去，仅剩下哑巴与寡嫂相依为命。白天上山下地劳作，夜晚松明灯下读书，闲暇制作天兵天将泥人。十六岁生日那天，他突然开口说话:要替天行道，为穷人打天下。最终壮志未酬，英勇献身，他的热血化成了千年不冷的温泉，延绵不绝喷涌，世世代代温暖着邻里乡亲。

历史的年轮驶入2013年，莆田涵江的南坛温泉开始了华丽蝶变的三部曲。首先是探明了资源状况。出水量达34.7升/秒，地热田南北宽约400米，东西长约850米，地表水热异常面积约0.32平方千米。pH酸碱度为8.0，属低矿化度、偏碱性的地下热水，富含偏硅酸和氟离子等多种有益人体健康的矿物质，温泉流量和水温非常稳定，尤其适合洗浴和医疗保健。其次是规划先行，南坛温泉度假村分三期建设。最后是引进投资者，邀请企业家、乡贤回归创业，项目于2013年开始建设，打造温泉养生与温泉康复两大产品体系。

经过多年精雕细琢，温泉区域40亩、四季农庄20亩的南坛温泉度假村呈现在世人面前，笑迎八方来客。日开采量300立方米，水温42～52℃，80多个室内外包厢和露天园林泡池、大型温泉泳池、温泉spa中心，还有在花果绿荫中的温泉木屋别墅、温泉酒店套房、温泉农庄大餐厅、天然垂钓场一应俱全，一个集温泉养生、休闲度假、娱乐健身、商务团建为一体的生态文化型养生温泉度假村日臻完善。

徜徉在度假村内，金合欢、罗汉松、木樨等18个品种绿树成荫，赏心悦目。曲径通幽处，莲雾、波罗蜜等36种花果四季花开、四季果香。25个露天园林泡池中有原味泉、玫瑰泉、牛奶泉、薄荷泉等，错落有致地洒落在绿树花果之间。融入温泉池里，抬头仰望星空，耳听蛙声蝉鸣，身心舒畅，惬意无比。酒店室内的26间独立泡池，则是保温性、私密性极好的去处，置身其间，腾云驾雾，一身清爽。室外大型温泉泳池，是青少年的最佳选择，不仅能在双龙吐温泉的池中泡汤，更可以在天然温泉中劈波斩浪，神游一番，泡汤加运动，健身又保健。木屋别墅区更适合家庭团聚，室内陈设自然典雅、功能配套齐全，后花园内独立泡池，让家人亲情交流，其乐融融。

泡罢温泉，身心愉悦，慢步至温泉湖心亭，"一池风荷醉兰亭，十分明月寄初心"。举目四望，远处黛山峻峭，近处炊烟袅袅，水中鱼虾戏莲，湖面温汤如烟，渺渺茫茫升腾，朦胧疑似仙境，置身其中，仿佛时间静止，一切烦恼随之烟消云散。

古语道："仁者乐山，智者乐水。"来到南坛温泉，不仅能亲吻水之温润、触动智者的灵魂，又能抚摸山的伟岸，引发仁者的爱意。同时，本土生长的有机食品，化成一道道的莆仙传统美食，刺激味蕾，令人胃口大开。兴趣广泛的朋友，还可以健步溪边景观道，开跑一次深山马拉松；走进峡谷，体验一次绿缘漂流；膜拜霞美庙，与妈祖娘娘来一次心灵感应；再走上跨溪索桥，穿越四季农庄，拾级而上，到清代御史江春霖故居，回眸廉政文化；探访老红军巾帼英雄苏华故居，缅怀先辈，净化心灵，坚定信念。

南坛温泉，既是闽地古老之泉，更是焕发青春活力之泉，是人们亲近自然、感受乡野、唤醒乡愁、休闲养生、团建商务的绝佳地。

休闲时光何处去，请到南坛泡温泉。

红色旧址记怀

□ 杨国栋

一

阳春三月，山花烂漫。涵江原野飞飘的阵阵油菜花香，沁人肺腑。

远处的陡坡夹带着葳蕤树木的清新气息，强烈地撞击着连接天空山峰的苍翠，飘逸起伏地亲吻着蓝天白云，构成了莆田涵江之闽中山川独特的红色革命景观。青山隐隐、水浪潺潺，挺拔的山峰巍峨高耸；险峻弯曲的大山，令人惊心的悬崖峭壁，峰峦重叠，岩石尖峭，将极其豪迈的滚滚绿浪，欢唱出山川涓流的清美净洁；又让滴水树梢，雾流涧谷，绿林扬风，白水激涧——打扮，深情地描绘出一年四季永不变色的葱茏清新和绵久翠绿，极其隐蔽地展现闽中司令部旧址红色烽火硝烟的浓烈氛围，也让一批又一批的现代参观者、朝觐者深受教育和洗礼。

根据《涵江区革命老区发展史》记载及大洋乡提供的相关

史料：闽中游击队司令部的全称为闽浙赣人民游击纵队闽中支队司令部，位于涵江区大洋乡，地处莆田、仙游、永泰、福清交界处，系南方八省十五块红色游击区之一，是闽中最早一批红色革命根据地，被誉为闽中红色革命的摇篮圣地，孕育了许许多多既普通又壮烈的革命英雄；同时也是邓子恢、许集美和王于洁、苏华夫妇等老一代革命者曾经战斗过的地方。

1925年底，莆田籍人士陈国柱到上海中共中央所在地听取做好如何开展地方红色革命的指示意见，被中共中央派回福建家乡，积极开展并完成筹建党的基层组织任务，直接同上海党中央发生联系。极有智慧的陈国柱，应聘到母校哲理中学高中部担任国文课老师，他利用教学之便秘密地宣传反帝、反军阀的爱国主义思想，从此播下了第一把红色革命火种。其后，陈国柱又在哲理中学钟楼二楼宿舍内，召集涵江籍学生陈天章和陈兆芳等先进分子，于1926年秘密建立了第一个莆田党团混合支部，陈国柱任支部书记。从此，闽中人民革命有了一盏永不熄灭的指路明灯。其后的1926年国共第一次合作期间，他们迎接北伐军入莆，狠狠地打击了莆田（包括涵江）的地方反动军阀。

1927年4月，正当国共两党紧密合作取得打击消灭反动军阀的节节胜利之时，丧心病狂的蒋介石和汪精卫沆瀣一气，突然撕破脸面，调转枪口，分别在上海和武汉等地实行反革命政变，凶残毒辣地大肆屠杀共产党人和进步人士。受此影响，包括涵江在内的莆田共产党组织人员，如黄谟、蓝少华、李培兰等，被迫从地面转入地下，继而在敌人力量薄弱的乡村和渔村开展农运秘密活动。

二

在闽中司令部旧址展览馆内,我有幸看见8位红色革命先驱被重点介绍。他们是;黄国璋、陈亨源、林汝楠、康金树、祝增华、宋梅影、吴珊、许集美。

黄国璋1919年出生,莆田城区英龙街人。他曾经化名吴广、黄光星等,开展白色恐怖战争年代之红色革命斗争。他1931年加入共青团,1934年11月转为中共党员,先后担任中共莆田县委委员、闽中工委书记、江西省上饶中心县委书记、闽浙赣区党委常委兼闽中地委书记、闽浙赣人民游击纵队闽中支队司令部司令员兼政委等领导职务,是20世纪30年代中期闽浙赣人民游击纵队闽中支队最为重要的领导人之一。

民间关于黄国璋率领游击队与敌开展斗争的故事传说,特别提到他的机智勇敢,说他预测敌人进山欲摧毁闽中司令部时,他强烈地预感到敌人从不远的山脚下往山头直奔,当即下令游击队员们带上各自武器弹药,藏入密集的树林青竹之中,等到敌人气喘吁吁地爬到山上之后,已经是人走物空,极为沮丧地败兴而归。躲在暗处的黄国璋,强忍着腹部疼痛,抓住敌人疲惫不堪、放松警惕原路返回之机,下令游击队朝着敌人开枪射击,敌人死伤诸多,狼狈不堪。

1937年12月,黄国璋被选为中共闽中工委书记,为促成闽中红军游击队编入新四军北上抗日做出了积极的贡献。后来,黄国璋还担任了福建省委巡视员、军事特派员、闽中特委书记、闽浙赣区党委常委兼闽中地委（工委）书记等职务。

在闽中司令部旧址展览馆内，先烈、英烈们的惊天地泣鬼神的光辉事迹，每每让我读后深感教育与震撼。一位普通村民妇女名叫连大妹，1883年出生于福清一个贫苦家庭。由于受到当年红色革命风潮的裹挟，虽然她已年过半百，依然凭借朴素的革命感情，义无反顾地参加到为闽中游击队做好事、办实事的队伍，将自己的儿子送到游击队，多次为共产党递送红色情报，留下了许多广为流传的传奇故事。

1934年，中共福清中心县委书记黄孝敏来到罗汉里一带闹革命，连大妹鼓励儿子郭永星主动与黄孝敏联系，积极投身革命。组织上以她家为隐蔽据点，发展她担任共产党的地下交通员，她

闽中司令部旧址（黄智三　摄）

一口答应。随后她多次冒着生命危险，走夜路将秘密情报送给藏于山间的游击队。1936年2至5月，国民党调遣3000多荷枪实弹的兵力，对罗汉里革命根据地进行疯狂的军事"围剿"，连大妹的房子被敌人烧毁，儿子郭兴来壮烈牺牲，连大妹无比悲痛，哭得天昏地暗。但她擦干眼泪后，依然冒着危险继续着更加秘密地为游击队传递情报的工作。

1935年初，在白色恐怖下，涵江在时任中共莆田县委书记领导下，打响了闽中三年游击战的第一枪，创立了常太革命根据地，将莆田、福清、永泰、闽侯相邻的游击区连成一片。连大妹作为一名老交通员，积极性更加高涨，所送出去的情报也更加及时。有一次，闽中特委委员刘突军率领60多名红军游击队被敌人困在笕头山上，水断粮绝，情况十分危急。连大妹得知后，自告奋勇向闽中特委请战，要求去笕头山解困。得到批准后，连大妹连夜将家中的地瓜全部拿出来烧煮。不料被人告密，敌人跑到连大妹家中搜查，追问她为何煮那么多地瓜，准备送给谁？连大妹沉着应对，指着灶台旁边的一筐米糠，回答说是煮给猪吃。敌人信以为真，很快离去。地瓜煮熟了，连大妹不顾年老体弱，挑上两大桶熟地瓜，同时带上部分地瓜干，巧妙地避开敌人，摸黑沿着崎岖的山间小道，将熟地瓜和特委的情报及时送到了笕头山红军游击队手中。

连大妹虽说没有上过学堂读书，脑子却转得快，十分聪慧，机智灵活。面对敌人无处不在地设卡盘查，连大妹就反复琢磨着如何应对的手法招数。她的身上往往会带着两份真假情报，一份藏于头饰当中，一份藏于头发与耳际之间，被敌人发现时，她往往交出假的情报，保护真的情报，极其机智地将真情报交到红军游击队手上。

数天之后，闽中红军游击队突围成功，离开笕头山，只留下一个班的战士保卫特委机关。连大妹心里依然惦记着山上那些红军战士，再次倾其所有，不仅将自己家中的地瓜送给战士们吃，还千方百计地到亲戚家中借粮，送给留守山头的红军游击队员吃。

三

如今的闽中司令部旧址，已然被建设成内容丰富多彩的红色文化赓续和红色血脉传承之地，同时打造成全国红色旅游经典景区。在轻松浪漫的情调中，深含着沉重的对于先烈的缅怀和记忆；鲜花盛开的山头上，矗立着一座座内涵无比丰富鲜亮而又沉重的黑色碑林群，肃穆中有红色文化精神的传扬与涵养；精选出来的五十多首缅怀悼念烈士的诗歌，将巨浪奔腾、波澜壮阔、气势磅礴的红色革命历史唱出新时代的精神风味，让一代又一代人在观瞻、阅读、拜祭中获得心灵的清洗与灵魂的净化。

在共产党的领导下，闽中人民前仆后继，英勇战斗，抛头颅洒热血；在烽火硝烟弥漫的岁月里，用生命与热血书写出继承先烈遗志，勇于奉献牺牲的无数传奇故事，用于浸染无以计数的后人心灵，起到不忘初心、牢记使命的作用；持续地将先烈们在血与火的战斗中，用热血和青春谱写的可歌可泣故事，永续不断地展开宣传演讲，达到感天动地，润泽后人的功效；同时嵌入国人的灵魂深处，固化为光昭日月、气吞山河、瓜迭绵延的红色遗传基因。

宁里，藏在深山里的红土地

□ 张元昌

　　闽中地区是福建第一批建立中共地方组织的地区，也是党在福建开展革命斗争的策源地之一。闽中革命史是一部辉煌的历史，革命先辈们用生命和鲜血赢得了闽中"红旗不倒"的赞誉。涵江，是闽中革命根据地的重要组成部分，革命火种在这里点燃，这片红土地上留存的革命斗争旧址和先辈们百折不挠、筚路蓝缕、勇往直前的精神遗产，闪烁着极其宝贵的红色记忆之光。

　　宁里，作为中共闽中特委机关驻地，从1936年10月底至1941年，一直是闽中党组织和红军游击队的组织指挥中心。闽中党组织领导红军游击队在这里开荒种地、建窑烧炭，并举办过数期县、区干部学习班，培训党员干部，巩固和发展基层组织，为闽中革命史留下了不朽的红色印记。

红色宁里，岁月峥嵘

初春暖阳，阳光和煦，时隔三年，我再访宁里。当车从省道经岫山，穿过满坡的枇杷林进入凤际村时，我惊喜地发现原本狭窄险峻的单行盘山路已拓宽成了五六米宽的双车道水泥路，且沿途弯道和险峻处还砌上了安全护栏。车窗外，天高云阔，极目眺望，峰峦起伏间可见村居散布。宁里隐于群山之巅，几十座新屋旧厝，错落有致地分布在山坳中，路旁的田里，盛开着一畦畦淡黄的油菜花，几只土鸡在田里悠闲地踱着步，时不时地低头从土里啄着食……宁里，名副其实，这里确如世外桃源般宁静温馨。

热心的村民陈承荣和陈原峰等人因为我们的到访，特地放下工作从永泰赶回来，带领我们参观闽中特委旧址。中共闽中特委旧址原为民居，背靠满坡的青翠竹林，白墙灰瓦，山石砌基，土木结构，具有涵江北部山区典型的民居特色。整个建筑由门房、大厅、后厅、天井、左边一栋两层楼房、右边两栋两层楼房相互联结组成，占地760平方米。闽中老同志许集美题写的"中共闽中特委机关宁里驻地旧址"牌匾，在阳光下闪耀着金光。如今，中共闽中特委机关旧址已被列为福建省党史教育基地、涵江区爱国主义教育基地。

"我们宁里虽小，却是一块实实在在的红土地，村中不仅有闽中特委旧址，还有红军战壕、红军洞、宁里寨、红军路等革命遗址。"村民陈承荣在说起村中的红色历史时，脸上荡漾着自豪的笑容。走进旧址展馆，看着一篇篇介绍、一幅幅图片、一个个革命故事，中共闽中特委在宁里开展革命斗争的那段峥嵘岁月，

宁里闽中特委旧址（黄智三　摄）

犹如一幅画卷在我们眼前徐徐展开。

1936 年 7 月下旬，常太游击根据地遭到国民党军的疯狂"清剿"，为了摆脱困境，中共闽中特委决定游击队暂时撤出，转移到常太北面广业区的白沙、庄边一带老基点村隐蔽，但因这些地方距离常太较近，非久居之地，刘突军等决定到莆田北面和永泰交界的地方开辟一块新区。

庄边宁里地处莆田和永泰交界处，山高岭峻，人烟稀少，很适合游击战争需要。1936 年 9 月，方子明按照中共闽中特委指示，在这里开辟新的地下据点，并把活动区域从宁里逐渐扩展到永泰的凉伞山、寨下、旗插安等村。10月底，闽中游击队从山溪转移到宁里、旗插安隐蔽休整。中共闽中特委决定把这里建成稳固的游击根据地，于是派出工作组，深入各村做群众工作，组织农会，发展党员，建立支部，使游击队在这里牢牢扎下了根。

1937年2月，中共闽中特委书记王于洁等5位主要领导被捕、惨遭杀害。因事幸免于难的刘突军及时召开地方和部队主要党员干部会议，决定成立中共闽中工作委员会，暂时接替特委领导。刘突军任工委书记，黄国璋、苏华为委员。闽中工委按照上级指示，决定把闽中工农游击队改编为中华人民抗日救国义勇军第七路第一纵队。游击队在宁里、旗插安一带集中整训，为奔赴前线抗日做准备。

1937年9月上旬，闽中国共两党合作抗日和谈达成协议，10月15日，闽中抗日义勇军奉命下山接受点编，1938年5月编入新四军开赴皖南前线抗日。中共闽中工委书记黄国璋与方子明、苏华、饶云山、杨凤来、张坤等同志继续留在地方开展工作。

宁里闽中特委旧址左侧有一幢占地72平方米的单层三间砖瓦房，是原宁里红军学校所在地。红军学校旧址内，一组出自莆田本地雕塑家陈春晖的雕塑作品还原了当时革命先辈们在这里工作学习的场景。

抗日战争时期，中共闽中工委(闽南特委)机关仍设在宁里，直到1941年初迁往永泰县凤洛。闽中党组织领导游击队在宁里开荒种地，建窑烧炭的同时，于1938至1940年秋举办红军学校，轮训莆田、仙游、福清、长乐、永泰、泉州等县、区干部，巩固和发展基层组织，领导游击队开展抗日救亡斗争。这些参加学习的青年学员后来大都成为闽中革命的骨干力量。

忆往昔峥嵘岁月，看今朝红色传承；革命先辈们用鲜血和生命铸就今天的和平与安宁，他们用不屈不挠的奋战精神以浩然正气书写无愧于人民无愧于祖国的时代画卷，理应被我们铭记和传承。今天，越来越多的党员、干部、群众、学生来到这里，缅怀先辈，重走历史征程。纵览闽中旧址纪念馆，一字一句，一砖一瓦，都让参观者重温着峥嵘岁月，体悟着革命历程的艰辛。

绿色宁里，山水秀美

宁里，不仅红色文化底蕴深厚，绿色资源也很丰富。据村支书连金环介绍，庄边镇围绕闽中特委旧址、宁里寨、白马峡谷结合打造的宁里寨生态红色旅游风景区，已做好规划正在逐步推进建设中。

宁里寨海拔810米，南北走向，距离宁里村约一千米，是观日出、赏日落的绝佳之地。宁里寨屹立峰巅，依山为基，以石筑墙，至今保留有一座石头寨门，山顶较为平坦，面积四五百平方米；宁里寨和涵江北部山区的其他古山寨一样，其主要功能应该也是古代用于军事防御和乡民避难的。站于山顶，极目四望视野开阔，层峦叠嶂，连绵不绝，令人不禁有"会当凌绝顶，一览众山小"的感慨。

闽中特委旧址右侧，有石阶步道可以直通白马峡谷，步道入口，竹林掩映中竟有好几棵树龄500多年的红豆杉，树形庞大、枝繁叶茂，苍老的虬枝上却吐出嫩绿的新芽。红豆杉又称紫杉，是国家一级珍稀保护树种，素有长寿树和植物界"大熊猫"的美誉。红豆杉吸收辐射能力较强，同时可以释放出负氧，不但可以净化空气、消炎杀菌，而且被人体吸入后，可以增强抵抗力、预防疾病。此情此景，正适合浮生偷闲，约上三五好友，闲坐树下，山泉烹茶，慢品清风竹影、静听峡谷松涛。

瀑布、峡谷和峭壁是白马峡谷景区的标志。行走在峡谷间，山风习习带来淡淡的松香草芳，沁人心脾，顿觉神清气爽，置身于这天然的氧吧，身上的每一个细胞仿佛都欢快地活跃起来。谷底溪流潺潺，沿途山石怪异、两旁青山耸峙，时见幽洞异穴；悬崖飞瀑更是让人惊叹大自然造物的鬼斧神工。白马峡谷大小瀑布众多各有特点。一处溪涧落差，一条粗壮的溪流，如发怒的银龙，顺涧猛扑下来，直捣潭中，水声轰轰，激荡起无数水花，这是神秘的龙潭瀑布。一座山峰奇秀，巍然耸立。一道瀑布如万马奔腾般从百多米高的山崖顶咆哮而下，水击岩体，一朵朵绚丽的白色水花耀眼绽放，水汽蒙蒙，珠玑四溅，这是热情的白马瀑布。一道山崖如刀削，从崖顶缓缓落下缕缕水流，山风吹过，瀑随风动，如烟如雾，如梦似幻，这犹如在溪豁岩壁间舞动的精灵就是仙女瀑布。

把"红色"旅游资源与"绿色"生态旅游紧密结合，以"红"带"绿"、以"绿"托"红"，相信，在涵江"五色文旅"品牌的带动下，宁里这块红土地也一定能用绿水青山换来金山银山。

这里的历史星空光芒闪耀

□ 林思翔

　　早春二月，大地复苏，和煦的春风送我们走进涵江白沙镇的澳东村、澳柄村。

　　这原本同属一个村的白沙山区腹地村庄，1958年因人口发展，以溪为界分为两个行政村，即现在的澳东村、澳柄村。澳溪穿村而过，牵起了两岸早春秀色：油菜花怒放，金灿灿的映照半边天；茶花、玫瑰花俏丽娇艳，在轻风里争先报春；紫荆花、木兰花枝头高挂，斑斓的色彩抢人眼球；还有那四季桂花，串串米粒大的花朵藏在叶丛间，不显摆，却暗地里散发出阵阵幽香。

　　溪边的木栈道旁，绿竹成丛，芦苇轻摇，一湾湾清水如明亮深邃的目光注视着蓝天，倒映着两岸秀色。粉墙黛瓦的新楼，错落有致地散布在群山拱卫的谷地间，一派欣欣向荣景象。行走其间，春风拂面，满眼清新，心头升腾起满满的愉悦。

　　眼前这充满青春活力的美丽村庄，有着悠久的历史。走在沿溪两岸还可看到一些如今保存完好的古道、古树、古建筑。

横跨溪面的澳柄石桥，始建于南宋绍兴十三年（1143年），全长49米、宽2.2米、高11米，石板为梁，石块铺面，两侧石栏上立有石狮，古朴苍劲。石桥历经近千年的风雨洗礼，依旧巍然屹立，素有"威震广业三千界，雄踞莆阳第一关"之称（广业为莆田北部白沙、庄边、新县、大洋四乡统称）。有了这座桥，澳柄古村的乡间山岭便成了莆田境内南北交通的官道，成了莆田通往永泰、福州的驿道。更因地理位置险要，此地还是历代兵家争夺的要冲。澳柄桥头有两棵大榕树，一株600年、一株400年，人们戏称"千年古树"，浓荫如盖，遮天蔽日。绿树的掩映，让溪水越发清漪发翠。大树的后面便是闻名遐迩的澳柄宫。澳柄宫建于南宋绍兴二十九年（1159年），为歇山顶单进合院式建筑。主祀开山祖师-隆树（和尚），配祀吴圣天妃。传说此宫是人们为纪念隆树禅师四处化缘筹资并与村民一起开山取石修建澳柄桥而建的。

位于澳东村的澳柄宫、澳柄桥、澳柄岭以及澳柄宫前的小叶榕、澳溪成了联结一线的一道古朴的天然风景线。漫步其间，历史沧桑感便油然而生。

这片古朴美丽的山水，还是一方红色的沃土。在大革命和土地革命时期，这里风雷激荡，烽烟翻滚，一批共产党人在这里点燃革命火种，带领贫苦人民与邪恶势力展开殊死斗争，谱写了可歌可泣的革命故事，给这片土地留下了光辉的历史篇章。澳柄的革命斗争史（含现澳东）在莆田革命史上创造了"四个第一"：创建了第一批农村党支部，创建了第一批乡农民协会，创建了第一支工农武装，创办了第一期列宁小学。

这"四个第一"是怎么来的？我们走进澳柄宫后面的207团

旧址陈列馆,一幅幅图文和一件件文物默默地讲述了90多年前发生在这里的革命故事。

时间倒回到20世纪二三十年代。

1924年9月,厦门大学共产党员施乃铸在上海筹建大厦大学,组建了社会主义青年团支部,莆田籍学生陈国柱被接纳为第一批团员,在上海求学的莆田的林嵩龄、涵江的黄苍麟也加入青年团,翌年他们都转为正式中共党员。

1925年年底,中央指示陈国柱回福建筹建党的基层组织,直接与上海党中央发生联系。陈国柱便在母校哲理中学以国文科教师为掩护,开展宣传活动。1926年2月,陈国柱在哲理中学钟楼召集学生陈天章、陈兆芳、吴承斌、吴梦泽、陈德来等开会,成立了隶属中共中央的莆田第一个支部——中共莆田县党团混合支部,陈国柱任支部书记。同年6月,已加入共青团的成员全部转为共产党员,正式成立中共莆田支部,陈国柱任支部书记,陈天章为组织委员,陈德来为宣传委员。

由于党支部的宣传发动,当年的10至12月,在北伐军入莆前,莆田农村相继建立了一批党支部,其中就有在澳东村湖井兴隆法坛成立的第一批农村党支部—中共澳柄支部,书记为陈蒲川。澳东村是个典型的山村,600多户,3000多人,农民靠半农半副维持生计,长年累月靠肩挑籴米过日子,"肩膀做大路,布袋做米缸"便是他们当年生活的真实写照。原本就很艰难的生活,再受国民党反动派和地主土豪的残酷剥削,日子简直没法过。

党组织的成立犹如干柴点上火种,农民迅速被发动起来,成立了农会，抗捐、抗税，农民运动如火如荼地开展开来。反动恶霸、伪民团团总范少京惊恐万状，便请其主子林寿国（驻莆军阀）派伪海军陆战队一排兵进驻澳柄乡（今澳东地界），妄图以武力镇压农民运动。在党支书兼农会主席陈蒲川带领下，澳柄农民奋起抗争，击毙伪兵一人，活捉了伪排长，打败了敌人的围攻。后来，范少京又引入伪军一个连围攻附近的东泉乡，人民被蹂躏四十余日，还利用其狗腿、牧师陈兆棋出来捣鬼，企图瓦解农会，制造内乱，最终都被党组织领导下的农民兵所打败，伪军也狼狈逃回莆田。

澳柄地区数次与敌斗争的现实，使大家认识到，没有一支正规的武装队伍，就不可能与反动势力抗争到底，即使农民发动起来，也容易被敌人所镇压。在党支部的发动和组织下，1928年冬，莆田第一支工农武装队伍——莆田游击队在澳柄宫成立，组建了一支共20多人的人民武装，拥有20多支枪，发动群众抗租抗税、焚毁契约、斗争地主恶霸，形成了以澳柄为中心，包括东泉、庄边、广宫等地的莆田广业农村革命根据地。

澳东村南面的澳柄岭是一条南北交通的要道，广业地区反动头目范少京便在岭上石厝设立关卡，驻扎民团兵力，勒索过往农民货物，群众痛恨不止。1930年4月，共产党员陈天章率领游击队，化装成挑柴农民，一举袭击了石厝民团关卡，团兵弃枪逃命，游击队缴获了民团步枪20支、驳壳枪1支，拔掉了关卡，为民除了害。这澳柄岭"打响闽中第一枪"在当地引起了极大的震动，从此，红军游击队频繁活动的这条山岭也就被称为"红军岭"。

这年6月，中共福建省委书记罗明来到莆田巡视工作，在深入了解莆田武装斗争情况后，回去后即调从厦门狱中救出的干部曾一贯到莆田任县委书记，并派参加厦门劫狱斗争的军事干部黄琬主持军事工作。

黄琬到莆田后，即与莆田游击队队长陈天章等商议，把全县不脱产的农民游击队集中到山区澳柄、东度一带整编为工农红军，然后逐步扩大了广业赤色区域，作为莆田游击战争根据地。并把沿海游击队与山区游击队合并。1930年8月中旬，黄琬、陈天章、王纪修等按照莆田总行委的部署，在东泉圆通寺召开军事会议，宣布207团成立，黄琬任团长，陈天章为政委。首批报名参军的有50多人，同时在澳柄、东泉等有条件的乡成立赤卫队，以配合红军开展土地革命斗争。接着，黄琬、陈天章率207团指战员和广业区委在澳柄宫召开群众大会，除澳柄、东度200多群众参会外，周围各乡亦派代表参加。大会提出"打倒屠杀工农的国民党""建立苏维埃政府"等口号。从此澳柄宫及其周围的澳柄桥哨卡、兴隆法坛、灵应法坛成了党和红军活动的重要据点。创办的列宁小学，王纪修任校长，培养革命力量，壮大武装队伍。

革命烈火越烧越旺，敌人却越来越恐惧不安，他们处心积虑要扑灭革命火焰。根据群众揭发，澳柄的土豪陈西安勾结范少京，充当反动派密探。黄琬于是率队前往逮捕，并缴其短枪两把后，教育释放。不料，陈西安的同伙早已向莆田驻军林寿国的国民党海军陆战旅报告，旅部即派一营部队由澳柄地霸带路，从澳柄岭、东坑岭和梧塘山三路围攻207团驻地澳柄宫。8月24日凌晨，浓雾弥漫，视野极差，敌人冲至澳柄桥头时，红军哨兵才发现。住在宫内的黄琬听到枪声大作，连忙指挥40多名红军战士撤退，自己带领6位战士掩护，亲自断后。由于敌强我弱，黄琬不幸负伤，但他仍指挥战士顽强抗击敌军，毙敌13人，红军战士牺牲6位，黄琬因伤重被俘。

黄琬被俘后，敌人把他关进莆田虎头监，并戴上沉重的手铐脚镣。为了从黄琬口中挖出莆田共产党和游击队的情况，敌人采取软硬兼施的办法，黄琬坚贞不屈，使敌人诡计落空。党组织获

澳柄村（黄智三　摄）

悉黄琬被俘消息后，进行多方营救未果。黄琬神色自若地走向刑场，高呼"共产党万岁"口号，壮烈牺牲，年仅27岁。这位207团的创建者之一，把鲜血洒在莆阳大地上，他的名字永远被人民所铭记。

1930年秋，邓子恢来到莆田。在三十六乡的中和寺主持召开莆田党团扩大会议，县委书记王于洁，委员陈天章、郭寿銮、王纪修、蒋声及团干部等20多人到会。会上邓子恢传达了省委指示及闽西土地革命经验，分析了莆田革命斗争形势。指出，红军游击队活动据点澳柄乡，虽然群众基础较好，但地处交通要道，离城较近，容易遭受反动势力摧残，不宜作为革命根据地。会议在讨论革命根据地选址时，采纳陈天章建议，将根据地迁往地处莆田东北部偏僻山区的他的家乡外坑。

10月间，红军游击队到外坑后，莆属特委（亦称闽中特委）即宣告成立，邓子恢任特委书记。11月18日，将红军207团改编为福建红军游击队第二支队，张威任支队长，王于洁任政治委员，陈天章任政治部主任。并成立教导队，汤军任队长。

12月9日，莆属特委在外坑宣德宫召开群众大会，宣布外坑乡苏维埃政府成立。

红军游击队第二支队频频出击，使统治闽中的国民党反动派惊恐万状。12月中旬，国民党反动派又纠集海军、地方民团共6个连1000多人，兵分三路袭击新生的外坑红色政权和红军游击队驻地芦尾村。由于敌强我弱，红军初战失利。陈天章和汤军率红军向下瑶、芹山方向突围，引开敌人，掩护红军主力突围，战斗中陈天章身负重伤，仍指挥战斗。陈天章、汤军等6人在掩护红军突围时伤重被俘，敌人将陈天章、汤军等押往莆田县城，路过霞溪时，汤军因伤重不能行走，便被敌人枪杀。残暴的敌人把陈天章用大钉钉在门板上押送，经白沙镇时，周围群众闻讯赶来看望，陈天章借机向群众揭露国民党反动派罪行，号召群众团结起来，继续战斗，他坚定地说："共产党是杀不绝也斩不尽的。我死了还有许多同志会继续斗争到底，所有反动派最终总会受到革命的审判。"在莆田监狱，敌人软硬兼施，陈天章坚贞不屈，敌人一无所获，于当年12月28日将陈天章杀害。这位年仅24岁的共产党员，用自己的青春热血染红了共和国的旗帜。

土地革命时期，澳柄地区涌现出了陈蒲川、王铁成、陈金赞、陈玉珠、陈金贤、陈元义等革命烈士，还涌现了一批优秀的党的地下交通员。陈玉珠一家五口都当革命联络员，她及祖父、父亲、叔叔四人都被捕牺牲。她的母亲一边下地劳动、一边为地下革命同志烧水做饭，也因积劳成疾而过世。

抗战全面爆发后，在澳柄宫成立的207团这支红军队伍，几经战火洗礼后随大军北上，投入抗日战争洪流中去，澳柄有10多位青年北上抗日。从大革命时期就点燃革命火种的澳柄（澳东）人民，在先烈精神的感召下，不仅在土地革命时期创造了"四个第一"，在后来抗日战争和解放战争中，前仆后继，不怕牺牲，又不断做出新贡献，这片区域成了数十年红旗不倒的一块热土。这里的历史星空闪射出耀眼的光芒！

这里，曾诞生闽中第一个苏维埃政权

□ 陈志平

外坑，地处莆田市涵江区北部山区的新县镇。这里山高林密，地势险要，空气清新，曾诞生闽中第一个苏维埃政权，革命火种在这深山密林中点燃，鲜艳的红旗飘扬在这崇山峻岭之间。许多老一辈无产阶级革命家，如邓子恢、许集美、黄明、黄国璋、陈国柱、林汝楠、苏华等，在此坚持斗争，留下了可歌可泣的闽中"红旗不倒"红色篇章。

壮烈感人的历史故事，在这里凝聚成一幅幅悲壮神奇的画卷；飘荡天地的历史烽烟，在这里燎原成一首首惊天动地的赞歌。

这一天，我在村干部的陪同下前往外坑。进山的道路蜿蜒曲折，如巨龙盘踞山间。松竹花木，迎面而来，应接不暇。层山被茂密的树木覆盖，空气显得潮湿而清冷。

经过三十分钟穿山越岭，汽车向右拐进，路边一面面红旗提醒我已经进入红色地界。

来到村口，我被山坳中的一座豪华的别墅所震撼。

陪同的村支书介绍说，前些年，我们村新一代村民不甘困在深山老林之中，纷纷冲出山外创业打拼。近几年，一些事业有成的村民陆陆续续回村，"起大厝"、盖别墅，投资村中公益事业……我们的村面貌发生了翻天覆地的变化。

在村部稍作休息后，向苏维埃旧址宣德宫走去。路上，漫山遍野的油菜花，我的心醉了！

"满目金黄香百里，一方春色醉千山"。放眼看去，是油菜花的海洋。一片片金色，荡漾着缕缕清香；一朵朵成簇，一簇簇成枝，一枝枝花开，一田田金黄；不着杂色，天蓝蓝，地黄黄，花香袭人。

盛开的油菜花，装点着农家春景，灿烂着天地、田埂、小道边甚至墙缝里。"菜花间蝶也飞来，又趁暖风双去"，蜜蜂、彩蝶你追我赶，围着油菜花久久不肯离去。它们也和我一样，让这无边的香味给醉倒了。

不知不觉中，宣德宫到了。宣德宫，青砖琉璃瓦，龙柱方檩，画栋飞檐，抱鼓石、柱础，雕刻精美，古风古韵。

台基石上依稀可见的残留弹痕，似乎还在诉说当年激烈的战斗场景。当年老百姓在此热烈庆祝的场面一下子就浮现在眼前——

1930年初，对莆田地区革命斗争寄予厚望的中共福建省委，派军事干部黄琬到莆田创建红军队伍，把原有的游击队扩编为第207团，又派邓子恢到莆田建立中共莆属特委，领导莆田、仙游、福清、惠安四县开展土地革命，建立红色政权，邓子恢兼特委书记。这是闽中历史上第一个地委级党组织。

当时的革命中心在白沙澳柄乡，该地处在交通要道，当地反动势力比较强大，斗争屡次受挫。根据游击队领导人、外坑人陈天章的建议，决定把土地革命试点和红军据点转移到外坑乡。

为了加强莆田武装斗争的力量，省委决定把闽西红军团长张威和参谋长汤军等一批优秀的军事干部派往莆田，成立红军教导队，培养红军军事指挥干部。同时，邓子恢等决定把红军207团改编为福建红军游击队第二支队。

红二支队成立后，组织贫农团成立赤卫队，实施土地革命纲领。他们焚烧地主契约、文书和账簿，发动农民分田分地，不缴租、不还债、不完粮、不纳捐税等等，深受剥削和压迫的农民好像打掉了身上的枷锁，个个喜形于色。

农民革命运动的星火，以燎原之势迅速燃烧。面对着日益高涨的革命形势，特委领导认为成立红色政权的条件具备、时机成熟。

12月9日，对外坑人民来说是不寻常的。农民代表和民众如庙会赶集般齐聚宣德宫。大家来到这里只为一件事，见证外坑乡苏维埃政府的成立。

宫前，锣鼓喧天，彩旗飘飘；四周，标语斑斓，人潮涌动；会场，红旗会标，庄严肃穆。

第一次翻身作主的农民，怀着激动新奇的心情，用自己的手投下神圣一票。至此，闽中首个代表人民利益的苏维埃政府诞生了！

外坑乡红色政权建立后，政治影响迅速扩大，周围各地农民运动风起云涌，群众见苏维埃政府能真心为他们谋利益，主动跟着共产党闹革命。红二支队顺应群众要求向外出击，把土豪劣绅的特权打得"落花流水"，红军的活动范围波及新县、萩芦和福清的边界地区。贫苦农民纷纷要求参加红军，红军队伍扩大到160多人。

百年风雷激荡的红色记忆和革命精神，如今仍在这片红色热土上代代相传，历久弥新。见证诸多革命历史的宣德宫，已成为红色文化宣传教育基地、党史革命史研究基地和重要的红色旅游目的地。先后被莆田县人民政府公布为莆田县文物保护单位、中共莆田市委党史研究室公布为莆田市党史教育基地、中共福建省委党史研究室公布为第三批省级文物保护单位党史教育基地。

步入宣德宫旁的外坑乡苏维埃政府纪念馆，犹如走进往昔峥嵘岁月，那些珍贵文物无声诉说着波澜壮阔的革命斗争的光辉篇章，焕发令人骄傲的耀眼光芒。在这里，可以领略到历史所发出的强音，还有那一面红旗招展的力量，将鼓舞着闽中儿女跟着共产党走，坚持斗争，勇往直前！

这些革命先烈们战斗、生活的图片和使用的物品，每一件都倾注着伟大的信念，渗透着一股股血雨腥风的气息和坚定，激荡着一缕缕刀光剑影的色泽和风采，就仿佛看到了红军战士奋勇抗击敌人的画面。

外坑苏维埃政权的建立和红军第二支队的频频出击，引起莆田地方当局的极大震动。为了扑灭熊熊燃烧的革命火焰。年底，地方当局纠集在莆田的海军陆战队和广业民团计6个连以及外坑周围几个乡的零散地主武装近千人，在混进红军队伍的内奸引导下，从三面气势汹汹地扑向外坑。

此时的陈天章、汤军等人率领100多红军战士在外坑芦尾村宣德宫附近打土豪斗恶霸。本来芦尾是个易攻难守的盆地，加上当时领导人的麻痹轻敌，仅在北山崖布一个哨位，对逐渐逼近的危险毫无觉察。午饭时，敌军干掉哨兵后向红军发起猛烈进攻。霎时，枪炮大作，暴雨般的子弹在红军战士的耳边呼啸着，宣德宫上空硝烟弥漫，不少战士还没反应过来就倒在血泊中。陈天章和汤军立即组织突围，但为时已晚，队伍已被压制在地形极端不利的小山隘里。

面对强敌，红军战士利用有利地形奋力反击，英勇抵抗，全体官兵血战数小时，与敌人拼尽弹药。最终因寡不敌众，除少数战士突出重围外，37名战士把鲜血挥洒在花草之中。陈天章、汤军等负伤后，相继被杀害。

外坑苏维埃政府旧址（范将　摄）

苍山如碧，杜鹃滴血，英灵化松，浩气冲天。新生的苏维埃政权被扼杀！

外坑苏区存在的时间虽然短暂，但它扩大了党的政治影响，在莆田人民心中播下了永不熄灭的革命火种，党领导的游击队仍以百折不挠的精神继续坚持斗争，谱写一曲又一曲的英雄主义凯歌。

回到村部的路上，我询问村支书该村如何挖掘宝贵的红色资源，助力乡村振兴。村支书向我娓娓道来：这几年，借助红色文化的影响力，外坑村立足得天独厚的生态优势，不断把红色元素融入产业培育、旅游发展、乡村振兴等各个方面，把红色资源转化为发展优势，打造"红+绿"旅游产业，吸引游客前来观光旅游，带动当地油茶、地瓜、大豆、芥菜等土特产销售。

"我们村红枫资源丰富，红枫是一种生命力很强、能够适应不同环境的树种。无论是春天的苏醒、夏天的茂盛、秋天的变色，冬天的枯枝，不同的季节都带给人不同的感受。下一步我们将联合相关文旅部门，打造红枫观光园、红枫露营基地等，让外坑成为游客来了还想再来的红色'世外桃源'。"

那些自带光芒的人

□ 张玉泉

见到这群人之后，他们的健谈、精气神以及对生活充满激情的态度、对人生透彻的理解，竟然如此震撼人心，如此受益终身。我把他们定义为一群自带光芒的人，这群人的名字，就叫知青。

我最早了解知青，是从《知青家长李庆霖》这本书开始的。它用报告文学的体裁，从侧面再现了知青生活的艰辛与不易。给我留下深刻印象的是，在萩芦水办知青点插队的李良模，由于粮食不够果腹，需要回家背米下乡。他家在莆田城区，离水办知青点有三十几千米的路程，其中不乏崎岖山路。每次，他都是从早上一直走到黄昏才能到达。这样不断向家庭索要的方式如果能得以维持，对知青们来说也是一种莫大的幸福。但生活更大的难处往往藏在拐弯处。我记得书中有这样的一个细节：有一次，李良模再次回家取米的时候，看见他的妈妈把身子探得很深，他就知道米缸里又没米了。次日上午，李良模眼睁睁地看着那只养了四年的母羊就要被换成大米番薯了。母羊似乎也预感到了末日，"咩咩"地叫个不停，四脚用力抵着地板，就是不肯出门。

极度的生活窘境，让李良模的父亲李庆霖做出了一个非常冒险而又大胆的举动，向毛主席"告御状"。一百六十几天之后，毛主席亲自给他回信：寄上三百元，聊补无米之炊。全国此类事甚多，容当统筹解决。

这是他完全想不到的，而正是这封信，改变了全国一千七百多万知青的命运。之后，李庆霖自己的命运，也伴随着这封信如过山车一般，一路波澜起伏，惊心动魄。当然，他命运的维系点已经开始慢慢转变。虽然他的家已经成了"全国知青邮电局"，他也满腔热情地给每一位知青回信，解决各种问题，哪怕是韩婉蓉的家庭婚姻问题，他都不遗余力。

但从"告御状"这种别无选择的行为中，清晰地折射出一个知青家庭的艰难境况。如果说这是一位知青生活背面的话，我更想知道知青的正面生活。由此，我特地走访了莆田涵江区的萩芦水办知青点和大洋知青点，采访了这两个点上还健在的知青。如今他们大多七十多岁，满头银发，但他们的精神状态良好，依然对那段记忆深处的知青经历保持着深切的感情，谈起往事，滔滔不绝，恍如昨日。大洋车口的知青农场至今还保留得相当完整，原来的礼堂、宿舍、仓库等正在重新装修成知青纪念馆，作为青少年德育和研学教育基地。礼堂的墙上挂了很多当年知青生活、劳动的照片，四周摆了一圈用玻璃覆盖的柜子，里面放着当年的一些生活用品、农具、书籍等。其中有本被打开的书摆在特别显眼的位置，一下子就吸引了我的注意力。被翻开的那篇文章

车口知青农场（陈丽群 摄）

叫《悯从怜中求》，是《心若菩提》中的一篇，而该书的作者竟是蜚声海内外的玻璃大王曹德旺。1973年，他在大洋当果苗技术员，他在文中写道：在大洋工作期间，我见证了知青上山下乡的艰苦岁月，有近150位二三十岁的知青。

对于今天的我们来说，很难准确理解他笔下所谓"艰苦"的程度。但当我看到当年大洋乡琼峰村插队知青林良荣的一些文字描述后，心中那种无法形容的苦涩与无奈不时翻涌，犹如暗淡夜空下的大海，聚集着众多求生的鱼群，他们面临着头顶上一张随时可能落下的巨大的渔网。

林良荣是这样描述的：春耕季节，山区还是寒气逼人，一大早知青们就和农民们一起出工，卷起裤管下田插秧，田里的水冰冷刺骨，浑身都觉得颤抖。秧苗拔起来带了很多泥土，要往小腿上摔打，才能把泥土去掉，脸上身上都溅满了泥巴，小腿上的皮肤都发红了。没有秧船，他们就把自己的洗脸盆拿去替用，每天都弯着腰，蹲着马步在水田中，两手不停地把秧苗插入泥田中，实在累坏了。下雨天，他们还要穿着四五斤重的棕衣，在雨中插秧。棕衣吸了水增加了重量，压在身上又辛苦又难受。雨点大时，棕衣也不管用，雨水顺着脖子把衣领都湿透了。上身承受压力还不够，脚上又遭受蚂蟥叮咬，软软黑黑的不声不响粘到小腿上，当发现时已吸了一肚子血，要往蚂蟥身上吐口水才能把它弄掉，腿上伤口血流不止，第二天还会感染、发痒，太可怕了。早稻插秧要持续近一个月才会结束。

苦尽甘来，雨过天晴，从键盘上敲出这几个字似乎不费吹灰之力，但对知青们来说，他们有的等了几年，有的等了整整十一年。随着知青政策的调整，他们分期分批获得招工、升学、参军、补员等安排，并逐步步入机关事业单位的领导岗位。也许，这是他们命运中的一种补偿，多年以后，这种补偿逐渐演变成一种感恩，由于感恩，他们开始缅怀曾经的苦难，而不是愤怒和痛恨。

感恩似乎也成了一种共性，包括曹德旺在内。知青们说，大洋农场是曹德旺的福地，因为他在农场的那棵大树下偶遇了他人生中的第一位贵人王以晃。所以，他同样心怀感恩，他把这段经历写进了他的《心若菩提》中。后来，曹德旺虽然成了一位令世人仰慕的企业家，但他用数百亿元的捐赠款，践行着他的感恩情怀。他写道：我有今日的成就，不是因为我伟大，而在于我背后有无数普通人默默无闻的努力和贡献。

品德是可以相互熏陶，互相成就的，就像知青和曹德旺一样，他们在同样的环境中，养成吃苦耐劳的秉性。如今逐渐高龄的知青们，说的第一句话就是：我们现在很知足了，感谢知青的经历，磨炼了我们顽强的意志，之后工作中的困难，都是小儿科。我想，知青生活在考验他们的同时，也成就了各自的人生。这似乎也是一种生活的法则，让苦尽甘来这个词语拥有了确立的依据。

从某种层面来说，当年的知青应该是受挫的一代，但今天的他们依然热衷于谈论知青往事，这让我惊讶。这不单单是人老了容易怀旧，我想更多的是他们用知识与智慧对农村发展所做出的贡献。他们打破当时山区传统单一种植水稻的模式，在山上栽种果树、棕树；引进优良水稻品种；从涵江带去"新春花"种薯，让当地村民尝到新品种的甜头；利用农闲和晚上休息时间，集中排练，建立一支丰富村民文化生活、受人称赞的山区"乌兰牧骑"；创办刊物《山鹰》；组建篮球队等等。

"世界以痛吻我，我要报之以歌"。这是当年在大洋、萩芦插队知青们的生动写照，他们用歌声吟唱过去、现在和未来，也用自身的光芒照耀了众生。

振翅有声，飞天可期

□ 马　乔

兔年春季的一天，我来到兴化港区涵江码头1-3号泊位建设工地，甫一站定，就听到有扑腾扑腾的声响直冲耳膜而来。细辨那声响雄浑而又清晰，舒缓但有力道，让人奇妙的仿佛还带着诗一般的韵律感。这是什么声响，从哪里传来？我不禁凝神屏气寻找起那声响的出处。开始，我以为是海浪扑打海岸的声音，但旋即被我否定了。继而，我又猜测那会不会是码头建筑工地上来回穿梭的土方车因负重哼唱的"加油"声？不过这个可能性很快又被我排除了。于是我换了一个维度，抬头望向空中，只见天蓝如洗，一丝云彩也没有，如果有飞机飞过，也一眼可见，显然那声响也不来自空中。至此我一时无解，只好暂且不管它了。

一

兴化湾是福建省最大的海湾，面积619.4平方千米，与湄州

（洲）湾、平海湾并列为莆田三大海湾。有人这样评价兴化湾：与莆田人挚爱情深到刻骨铭心，须臾不能分离！早前，这里是莆田人牧海耕田、赖以生存的富饶宝地。人们仰仗其海中丰饶的水产品和陆上的物产而生存、繁衍，且行且盛；如今这里又将耸立一座滨海新城，托起并承载当代莆田人的梦想。从人们对过去的感恩与如今对滨海新城的热切期望，就不难估量当地人对兴化湾怀有的一往情深了。

其实，规划蓝图上那片位于兴化湾南岸将用来兴建涵江滨海新城的空间，在2013年以前还是一片偌大的浅海滩涂，涨潮时没入海里，退潮了水鸟出没，淤泥尽露。后来这里被地方政府选中，决意建造一座新城，既有现实的考量又有对历史的借鉴。

所谓对历史的借鉴，在于兴发湾南岸，古时就有涵江港。据《莆田市志》载："涵江港开港于唐代以前，宋代称'端明港'，已通商海外。"更早的编纂于明弘治年间的《八闽通志》则注释了涵江开港的原因："涵江市濒海港，鱼盐之所聚，商易之所集……"清光绪二十二年(1896年)，涵江商人租用的日本"纪摄丸"号小火轮首次驶进三江口港(同属涵江港区)，揭开了外轮进出该港的序幕，由此造就了涵江近代曾一度拥有"小上海"之誉。显然，人们从这段历史中悟到了海港与城市互为依托、互相促进、共同繁荣的奥妙，并由此认定兴化湾得天独厚的海港资源极具开发潜力。果然，经勘探发现：若把历史上兴盛一时的涵江港与三江口港整合扩建为涵江港，其可利用的岸线就达8.4千米，容得下3万至10万吨级巨轮28艘同时进港泊停装卸货。这是多么难得又是多么诱人的海港资源啊！

更让地方政府兴奋的还有，兴化湾作为福州、莆田的连接纽带，是闽中地区最便捷的出海口，居厦、漳、泉、莆四地通往省会福州和江西、湖北、重庆等内陆省市的咽喉地带，地理条件优越，有望成为发展湾区经济的最佳载体，对于推进莆田加快融入福州大都市圈、推进闽东北区域协同发展乃至促进祖国大陆与台湾地区统一都具有不可估量的意义！而开发兴化湾，如今已拥有天时、地利、人和。

除了港区经济学意义外，这里气候宜人、冬暖夏凉、日照充足、雨量充沛、水源充足、物产丰饶，十分适宜人类居住、发展、生活、娱乐，可谓集宜居宜业为一体。一张宏伟的建设蓝图便逐渐在地方政府领导人的大脑银屏上显影。

二

显影的这张蓝图，其实是一个港产城联合体，他们因地而名，为其起了一个大号叫涵江滨海新城。受委托的天津市城市规划设计研究总院耗时半年多，为这座滨海新城拿出了一个规划方案：《莆田市涵江滨海新城启动片概念规划》。根据规划，涵江滨海新城将建在兴化湾南岸的涵江区东北部，希冀借助这里的滨海资源优势，贯彻莆田城市东拓战略，打造莆田向东融入福州大都市圈的城市新门户；同时依托填海造陆的增量土地空间，纾解莆田主城区和涵江老城区的公共服务及居住生活功能。

滨海新城规划用地总面积约为56.1平方千米 (部分土地由填海造陆来补充)，从2023到2030年分五期实施，可带动投资约1000

亿元。预计建成后形成产业规模1000亿元；新城可入住6万拥有户籍的人口；中远期可提供就业岗位13万个。这是一个鼓舞人心、让人充满憧憬的伟大规划。规划变现之期，兴化湾历史将被改写！曾经辉煌过一时的涵江港将不再如同落尘珍珠，被湮没在台湾海峡西岸弯弯曲曲的褶皱里。一个以"零碳智造湾区，一座滨海新城"为目标的港城联合体将如璀璨夺目之星，出现在世人的视界里！

三

　　按照规划，兴化湾南岸的这座滨海新城将由两大部分组成：
一为滨海新城主体(规划里称配套功能区)，二为临港产业园区。

　　先来看看新城主体。滨海新城的定位为：智慧宜居繁荣的
现代化滨海城市。其城区规划理念为：蓝绿交织，开放创新，追
求海丝文化体验休闲区效果，辅以港产城一体化示范区。在城市

莆田啤酒（蔡昊 摄）

空间上将形成产(产业园)、城(配套功能区)岛(城中水域人工岛)、港(港口码头)格局。城市布局原则则为：西产东城(西边为产业园区，东边为配套功能区)，南蓝北绿(南边为与海洋有关的产业区，北边为与绿色生活有关的功能区)。新城已规划出人工岛滩涂景观、溪口(木兰溪入海口)生态景观，还有纵横交叉的道路网，如锦江大道、锦岚大道、东港路、江海路、海元路、海庭路、海际路、港前路、护岸路等等。

四

临港产业园区是滨海新城的另一个组成部分，位于新城的西与南面，规划面积约24.61平方千米。园区产业定位为：海洋零碳产业发展示范区，海丝创新科技应用先导区。近期依托都市圈协同，以"三新"(新能源与碳中和技术、新能源汽车、新一代信息技术)绿色产业为主导。产业集成方法为"两个一体化"(以研产用一体化、源网荷储一体化)，以此构建零碳能源、低碳智造、负碳循环的绿色经济体系，最终打造出一个覆盖研发、中试、生产、测试、应用、示范全价值链条的国家新能源产业创新示范区。中远期依托港产城联动崛起蓝色产业(海洋装备、海洋新材料、海洋信息服务、海洋生物技术)，以海洋特色装备、新材料生产基地为海洋经济的主体支撑，协同厦门、福州设立海上综合试验场、海洋生物技术中试平台，并形成产、销、研、游一体化的产城联动模式。

临港产业园区建成后，园区内将形成特色先导产业、新型主导产业、海洋高技术产业、新能源汽车产业、智能装备产业、临港服务产业等创新型现代产业集群。域内港口也将拥有兴化湾港区涵江作业区和三江口作业点，仅涵江作业区码头岸长就达到5500米，拥有3.5万至10万吨级泊位18个。到滨海新城全面建成之日，一个全方位建立的"大港口、大交通、大物流、大腹地"的涵江港就将出现在闽中大地，兴化湾畔。

五

涵江滨海新城已经不再仅仅是一张纸面上的蓝图，它其实早在2013年5月28日就已经举行开工仪式了。先期实施启动区港口后方的陆域形成工程，拓展滨海新城临港产业园用地空间，现已形成陆域面积约16平方千米。难能可贵的是，在陆域形成的区域内，建设者已为日后建设城区淡水湖，溪口(木兰溪入海口)生态景观和人工岛滩涂景观预留了空间。

涵江作业区码头1-3号泊位已在热火朝天建设中，临港产业园内已有华佳彩高新技术面板、百威英博雪津食品园、普洛斯物流园、云度新能源汽车、HDT高效太阳能、福联砷化钾、5G标准厂房产业园等一大批项目投产或落地开建。这些项目都属于《滨海新城建设规划》设定的"三新"(新能源与碳中和技术、新能源汽车、新一代信息技术)绿色产业。以HDT高效太阳能电池及组件生产者福建钜能电力有限公司为例，该公司是一家国家级高新科技光伏企业，亦是目前国内高效异质结电池的领军企业，是全球仅有的几家掌握生产高效异质结太阳能电池技术的企业之一，目前量产电池转换效率超24.5%，属于全球一流水平。该公司2017年落地，2018年已正式投产，现产能达到700MW，产品远销国外，在东南亚及欧洲市场广受好评。

六

我似乎找到了本文开头那蓦然撞击耳膜的声响的出处了，那扑腾扑腾声响的源头，来自鲲鹏准备起飞前的振翅。鲲鹏振翅，直冲云霄便指时可待了！

百威助农桑

□ 马星辉

一

癸卯年三月，桃红柳绿，日丽风和，作家们应邀前往莆田市涵江区采风。一路春回大地，万紫千红，乡野之中但见绿树绕村庄，清水满陂塘。映入眼帘的是桃花红、李花白、菜花黄，大自然尽显五彩斑斓，明艳清丽。呼吸着林间清新芳香的空气，顿时让人惬意盎然。

涵江区历史厚重，自古商贾云集，人文鼎盛。清末曾是福建四大重镇之一，素有"小上海"之美称。不仅于此，风光旖旎的涵江区，山、海、平原三势兼备，优势互补，有数个省级森林公园和国家4A级景区。人其中、山为父、水为母、树为友，森林覆盖率达68%以上，空气优良率97％。这里有全省最大的天然淡水湖白塘湖，更有"白塘秋月、锦江春色、夹漈草堂、望江竹浪、永兴画璋、雁阵归舟、古囊峙巘"等著名景观。好山好水好地方，让人流连忘返，不舍离去。

毫无疑问，涵江自有与众不同的佳景美点可圈可点、可歌可颂。然而我却钟情于百威雪津，因为涵江作为福建省首批改革开放综合试验区，坚持以工业立区，拥有着莆田市三分之一规模的工业产值、四分之一以上规模的企业数，令人瞩目。而其中的百威雪津工厂尤为龙腾虎跃，独占鳌头。百威雪津威风八面，年纳税超13亿元，稳居莆田纳税大户首列，是一个誉满寰中的全球啤酒标杆企业。

二

涵江工信局的郑磊先生依约早早来到，陪同我一起前往采访。他专门负责涵江区服务食品企业和食品产业园内项目落地工作，对百威雪津集团的情况自是了然于心。在行车途中，热情健谈的郑磊介绍说："百威雪津2015年12月启动项目迁建，是首家落户涵江区滨海产业新城的龙头企业，项目占地1200亩，项目总投资超40亿元人民币。项目分三期建设，一期建成年产150万吨产能的亚太最大啤酒基地，2017年12月份竣工投产；2019年启动二期150万吨扩175万吨产能技改工厂；2020年启动三期175万吨扩200万吨产能技改工厂，投产后的百威雪津为全球最大的生产基地。现今的百威雪津拥有全球速度最快的易拉罐生产线，每秒可生产45罐次啤酒。实力雄厚的百威雪津依托自身影响力，先后引进了中粮制罐、华兴玻璃、集中供热、物流仓储等上下游入园配套，依托世界级工厂迁建，打造着中国工业旅游标杆项目。" 确实如此，在采访中我由衷感到百威雪津决策层的智慧与胸襟，他们择高处立、寻平处住、向宽处行，挖掘企业智能制造、低碳智慧、绿色安全、精酿体验等先进工业发展理念，打造慕尼黑消费场景和体验式教学，百威雪津啤酒成为集智能制造、绿色安全、节能环保、旅游观光于一体的生态型、花园式的低碳智慧工厂。

来到百威中国啤酒博物馆参观，一种特有的文化气质扑面而来。博物馆位于百威雪津工厂内，是福建首批工业旅游示范基地。博物馆以别具一格的欧美风情体验、工业智能展演为游客们提供一种全新的旅游体验。场馆采用VR虚拟现实技术和子弹时间等多媒体、高科技的互动手段，全方位展示了啤酒酿造、工艺、品牌、历史全过程。

百威中国华东区及东南区企业事务总监黄小翼介绍：百威啤酒博物馆占地面积9000平方米，总投资逾亿元，拥有全球七大啤酒主题馆、智能化啤酒观光走廊、慕尼黑啤酒展演中心、八闽特色风情桥廊、啤酒文化体验、国际精酿啤酒线和国际啤酒礼品区。是一个集观光、体验、餐饮、文创、娱乐于一体的国际化啤酒文体体验馆。

啤酒博物馆确实不简单，让人刮目相看。它于2020年5月运营以来，先后获得了省工业旅游示范基地、省研学基地、省观光工厂、青年直播基地、市科普教育基地等诸多荣誉，承接了省工业现场会、省青年创业大赛、省工业旅游现场会等重量级大会。

黄小翼告诉我：前不久，百威莆田精酿啤酒工厂正式竣工投产，为福建研发的本土精酿品牌。定名为"059海岸线精酿公社"正式对外发布。

　　我觉得有些奇怪，请教道："为何起名为'059海岸线'？不知有何说法？"

　　郑伟伟微笑道："这个'059'代表福建区号，'海岸线'代表着福建消费者内心对故乡的归属感，也是我们向外探索的一个动力源泉。'059海岸线'精酿品牌的发布和莆田精酿酒厂的建立，标志着百威东南开启了新的市场蓝海。"

　　在参观中我了解到，精酿工厂是百威亚太区最大精酿工厂，也是福建首家精酿工厂，生产全球知名的鹅岛、拳击猫等一线成熟精酿品牌，成为百威集团结合福建文化特色打造本土的精酿品牌基地。

　　百威亚太精酿工厂规模甚大，建筑面积将近6000平方米，含精酿工厂办公室、化验室，游客参观走廊及体验区等。它按照百威全球高标准设计，生产世界级超高质量的精酿啤酒，工程产

百威雪津食品生产链（黄智三　摄）

能达到一年1万吨。让人感到惊奇叹服的是，在偌大的厂区里几乎看不到几个工人，似乎是在悄然无声地生产着产品。毫无疑问，这是一座现代化的智能工厂。更让人赞佩的是，"059海岸线"精酿啤酒带有浓郁的福建地方特色，打造本土精酿品牌，如其中生产的"059热带水果啤酒""橙香小麦啤酒"以及"大红袍鲜啤"等本土精酿品牌。这些有颜值、有文化、有地方特色的新产品。一经推出就赢得市场的赞誉。这不仅将引领国内精酿品牌的发展进入一个全新阶段，而且标志着百威东南开启了新的市场蓝海。

三

百威雪津啤酒有限公司作为世界500强企业全资子公司，一直热衷于帮扶田野农桑，助力乡村振兴工作。由于成果显著，2021年被党中央、国务院联合授予"全国脱贫攻坚先进集体"。

常言道："授人以鱼，不如授人以渔。"百威雪津啤酒的决策层深知强农这个根本，他们将产品与乡村振兴项目有机结合，以二产带动一产，创新式地开创乡村振兴新模式。自2019年起，百威雪津先后在福建漳州、江西吉水、四川安岳等地开展了荔枝、大米、青柠产业振兴项目，从树苗选种、科技育苗、果实采收、成果销售等全方位形成乡村振兴产业链条，开展乡村振兴项目，从源头助力乡村振兴。

在乡村振兴项目的过程中，劳动力均由当地贫困户组成，百威雪津不仅为贫困户提供就业岗位。同时还向村民传授抖音、淘宝直播卖货的方式，通过新兴的互联网渠道和平台重新焕发下沉市场的活力。例如，百威中国青柠项目对四川省安岳县锣鼓村进行点对点帮扶，由当地县委县政府、商务局等牵头，捆绑帮扶地区青柠销售，让搭配青柠饮用的科罗娜更香醇清爽；百威的中国大米项目，将职工食堂的刚性需求与农户出产挂钩，从农户家直采大米供职工食堂，讲述了一个从田间地头到百威餐桌的故事。

在莆田坊间有"一瓶啤酒三荔枝"的美谈，赞的便是百威雪津与荔枝结为亲家的佳事。莆田是一个盛产荔枝的地方，古有诗曰："夜半归来风满袖，家家门巷荔枝香。"当得是：荔城无处不荔枝，晶莹剔透惹人爱。两岸红遍垂万树，万家登梯采荔枝。据悉，莆田荔枝种植面积达7000多亩，总产量2000吨左右，是一个很大的水果资源。为此，百威雪津主动作为，与地方政府、乡村、合作社等紧密联系，通过保底收购价格的落实，确保农民无论是歉收年还是丰收年，均能够获得保底的资金回笼。对确保社会稳定、农业稳定、果农稳定起到了大作用。

百威雪津采用新鲜原果压榨工艺，让啤酒"泡"上莆田荔枝，将清爽甜美奉献给了喜欢啤酒的人们，成就了独一无二的百威雪津荔枝啤酒，这是涵江人自己的味道。百威雪津集团，不仅仅是顶尖啤酒的酿造者，更是助力乡村振兴的领跑者。

"我见青山多妩媚，料青山见我应如是。"百威啤酒与莆田荔枝二者的美好结合，成就了一个百威雪津集团与田野乡村和谐共进的典范。这正是：百威雪津助农桑，产产联合在涵江；乡村振兴传佳话，工业农业两相宜。

加"数"前行，"涵"向未来

□ 林隽

走在三月春光里，一次偶然的机会，让习惯了逛老街、觅乡愁的我不经意走进了家乡的另一个纬度。原来我的老涵江还有一处处不为常人所知的"美"的所在。

那是2023年"莆阳开春"后不久，我约了工信局陈龙，去了位于涵江区的莆田高新技术产业开发区的莆田市涵江区依吨多层电路有限公司。小陈是湖北恩施人，顶着大大眼镜的那张白白净净、颇显书生气的脸，竟然曾经在绿色军营的烈日下暴晒过好几年，委实看不出来。机缘巧合，陪我们参观公司的陈珍坤副总经理也是个老兵，走路虎虎生风，眼睛矍铄有神，让人很难想到是位已年过六旬的老者。

"我们公司是生产电路板的，你们猜猜这块电路板有几层线路？"陈总从展示柜里拿出一块线路板笑着问道。

我们凑了过去，目不转睛地仔细端详，只见它不超过两个巴掌大小，暗绿色的基板上面纵横交错、或密或疏地镶嵌着金黄色的星星点点，宛如成熟季节挂满枝头大大小小的枇杷一颗颗地冲着你笑。

这比一期《读者》杂志还薄的电路板能有多少层线路？我们一脸疑惑，还真的回答不出来。

"36层！"陈总一脸得意。

"这么夸张！那这里头的每一层就好比是杂志里的内页喽？"我不禁瞪大了眼睛。

"是啊！走，我们一起去瞧瞧这'杂志'里的内页是怎么被'印刷'出来的吧。"

于是，我们出了办公室，走进了车间。

只见一个个钻孔机如同天安门广场上的三军仪仗队，踏着整齐划一的步伐，铿锵有力地在我们面前左转右转、前进后退；一块块基板又像一张张被送进打印机的白纸一样，一进一出，上面印满了各式各样的符号。

原来几乎所有电器必用的电路板分为好几种。普通电路板分单面走线和双面走线（俗称"单面板"和"双面板"），而高端电子产品，因产空间设计因素的制约，除表面布线外，内部还可以叠加多层线路。在生产过程中，多层线路通过光学设备定位、压合，叠加在一片线路板中，就是所谓的"多层电路板"。层数越多，工艺难度越大。那块我们刚刚在展区里看到的电路板，就像一座被高度压缩的36层摩天大楼，里面的每层线路如同每层楼里的房间、通道、走廊和电梯，或各自独立，或彼此连通。当其通电工作时，电流、数字信号如同楼里的人们一样，有秩序地或坐或躺，或行或跑……

想到这，我的脑海里忽然显现出刘慈欣的《三体》里有关"人列计算机"的描写："……贯穿人列计算机的系统总线上的轻转兵快速运动起来，总线立刻变成了一条湍急的河流。这河流沿途又分成无数条细小的支流，渗入到各个模块阵列之中。很快，黑白旗的涟漪演化成汹涌的浪潮，激荡在整块主板上……"

这是怎样壮观而又美丽的存在啊！

至于整个依吨2万多平方米的印制电路板车间，又何尝不是一块超级庞大的"多层线路板"呢？在这里，机器声轰轰作响，工人却寥寥无几。每一道生产工序的状态、效率、能耗、合格率都化成百分比，明明白白地呈现在了厂里各个大屏幕上。而在这每块显示屏的背后，却是依吨人拥有完全知识产权的一个个数字化、智能化计算机软件系统。"为企业数字化变革提供澎湃动力"，这是依吨人的使命，也应该是他们自身始终不渝的追求。

"那公司为什么取名为'依吨'呢？"我突然又好奇了起来。

"依托大吨位吧！"陈总若有所思。

这吨位是强大的科技，是广大的市场，更是远大的未来！我想应该是这样的。

走出这家年产值超亿元，产品远销日本、韩国、欧盟等国外市场的公司，我们驱车来到了相距不远的莆田市聚禾供应链。这是2021年上海国际跨境电商交易博览会"中国最佳跨境电商平台奖"获得者——厦门指纹科技除了在深圳、义乌之外唯一设在省内的一家分公司。

小杨是仙游人，典型的90后，虽然略显稚气，但聊起公司来却如数家珍。"我们公司主要聚焦在服饰家居等消费品的图文定制方面，可以实现'一件定制，48小时交付'的极度柔性。"

耳听为虚，眼见为实。小杨似乎看出了我不太相信的样子，带上我们走进了他们的展厅。展厅不大，但摆满了各式各样的展品，五颜六色的箱包、色彩斑斓的丝巾、流光溢彩的杯子、五花八门的饰品，还有印上了各色图样的T恤、沙滩裤、睡裙等等。

"这些都是客户们私人订制的样品，绝大多数都是独一无二的。"小杨一边说，一边带着我们看，仿佛进入了一个童话王国。

"我们专为个人创业者及中小企业提供在线创作与交易定制商品服务。客户可以在平台上通过自有图片或文字快速批量设计商品。至于创客可以依托平台所见即所得的定制设计器，高效设计产品，并在亚马逊等跨境电商平台上实现'先销售后生产'的零风险模式。"

"这样卖家就不需要供应链人员、资金备货，不需要人员跟踪物流退换货，更不需要囤积库存了？"我一脸惊诧道。

"是啊！"小杨笑着说。

从酷特智能在青岛落地的西服柔性生产基地，成为青岛的"金名片"，到阿里于2020年对外公布投入约30亿元打造"犀牛工厂"，全方位快速反应服务淘宝、天猫客户需求，再到Shein在广州进行柔性服装产业链的改造，历时7年成为市值3000亿元的跨境电商巨头，带动数十万人就业……在聚禾，我似乎看到了三江潮涌，又一轮红日正在喷薄欲出……

春上枝头，万物竞发。这个春天，站在兴化湾畔放眼望去，

依吨多层电路钻孔车间（依吨多层电路有限公司　供稿）

南岸28平方千米的热土上，一座座智能化工厂正拔地而起。工业互联网与新一代信息技术同频共振，拓展出融合创新的广阔前景，赋能更多行业焕发更加蓬勃的生机！加"数"前行的涵江，正昂首阔步地走向未来⋯⋯

创"芯""屏"质，"智"造未来

□ 许 涓

涵江，一座充满诗意的水上之城，一座昔日的"闽中威尼斯"，一座有着睁眼看世界的港口之城。它不仅有着优美的风景，更有着蓬勃发展的产业。包容和含蓄是它高贵的气质，科技与创新，是它前进的源泉。而在涵江"芯屏"身上，便透出这二者的魅力。

勇于拼搏，昔日辉煌

近年来，陆续爆发的贸易制裁、新冠肺炎疫情，改变了全球半导体供应链思维，以往所奉行的"全球化、专业分工"模式日渐式微，大国政府将半导体视为产业的重中之重，纷纷推出优渥的补助方案招揽世界上顶尖半导体大厂赴当地投资。

曾经以金融和贸易中心而闻名的涵江区，如今也是全球半导体的产业重镇。

时间拨回20世纪，涵江曾是半导体生产的"桥头堡"。1980年，涵江就开始涉足半导体行业，当时涵江半导体成立了几家组装和测试工厂，1984年成立的星光电子厂（阿豹厂）是涵江第一个半导体代工行业的工厂。星光电子厂以计算器、显示屏、电子钟表等为主要产品，20世纪80年代的涵江电子信息产业曾经辉煌一时，日产计算器150万只，占据世界市场份额的60%，成为全球最大的电子计算器生产基地；成为除液晶材料外所有相关材料、零部件都能自己配套的国内最大的中小型液晶显示器生产基地……星光电子厂带动了大半个莆田的生产力，成为涵江的主要经济支柱。

半导体成就了涵江，这都归功于涵江人的勇于拼搏的精神。但是，随着电子信息产业全球性结构调整，多数电子企业受产品更新换代滞后、低端产能过剩以及出口环境等因素影响，市场份额逐年下降，整个产业一度面临严峻挑战。

为扭转电子信息产业发展颓势，涵江区抓紧调整产业发展战略，以供给侧结构性改革为主线，以壮士断腕的魄力，淘汰落后产能，主动承接高端电子信息技术转移，打造中高端价值链，推动电子信息产业新高地崛起。

增芯强屏，割腕突围

面对大国推动半导体本地化的挑战，涵江区近年来也积极推动发展半导体价值链，尽管目前的涵江在全球半导体供应链方面并没有扮演带头的角色，但是迄今为止已有许多大型公司在涵江设有芯片和显示屏工厂。

近年来，涵江区先后建成投产华佳彩高新技术面板、福联砷化镓、HDT高效太阳能等项目，计划在半导体投资带动下，2030年能实现制造业成长五成的目标。福建华佳彩有限公司是福建省电子信息集团承接"增芯强屏"战略而主导投资的高新技术面板项目，受到省国资委、省电子信息集团的高度重视及全力支持。华佳彩公司成立于2015年6月，坐落在福建省莆田市国家高新技术产业开发区，占地1035亩，注册资金90亿元。其中一期项目投资120亿元，已建设投产一条月产能3万片的金属氧化物面板生产线。

华佳彩公司是电子信息龙头企业，它吸引了柔性印制电路板、集成芯片等配套项目以及显示设备的测试、封装、整机项目等上下游产业企业落户，组成了面板"航母编队"。它瞄准国际市场需求，又聚合省内优势资源，引进福联砷化镓项目，填补了国内没有射频芯片量产能力的空白，突破了电子信息产业发展瓶颈，打破"缺芯少屏"的产业困局。

涵江高新区的建设也是蒸蒸日上，据高新区负责人介绍，要推进电子信息产业"弯道超车"，必须解决行业龙头、高端产业链缺失的问题。因此，该区积极建设城北工业园，按照"基金＋产业园""技术＋产业园""总部＋产业园"等重资产轻资本的招商模式，大力引进旗舰型、引领型龙头企业和"专精特新"项目，打造涵江电子信息产业发展新高地。目前城北园已签约入驻大族元亨、睿信自动化等多家企业，可与周边的华佳彩等企业形成产业链上下游配套。

借助新技术、新龙头带动，电子信息这颗"种子"在涵江这块热土上，饱吸阳光雨露，渐渐成长为一棵根深叶茂的"大树"，成为涵江区三大主导产业之一。

砷化赋能，智造未来

涵江电子信息产业具备加快发展的有利条件和基础，在历经蓄势、突围、集聚的嬗变后，积厚成势、风起势来，华佳彩、福联、钜能电力等一批龙头企业的"智"造升级为跨越赶超夯基垒台、架梁立柱，正成为激活全区高质量发展的"一池春水"。

"抓创新就是抓发展，谋创新就是谋未来。"11月初，市工信局公布的2022年第二批创新型中小企业认定名单中，涵江区有31家企业上榜，占全市41.3%。在这些企业里，有8家是电子信息产业类，福联集成电路有限公司就是其中的一家，它成立于2015年10月，是福建省电子信息集团旗下专门进行砷化镓等化合物半导体制造的企业。

走进这家芯片公司，首先看到的是两个产品展示柜，6英寸砷化镓射频功放芯片以及扩片后的晶圆片，负责人很详细地介绍了产品的用途以及未来公司的规划。走进公司生产车间，走进涵江区福联公司，2万多平方米的印制电路板车间内机器声轰鸣，工人却寥寥无几。"制造"变"智造"，从这里生产出的多项自主产品填补了国内空白。其骄人成绩的背后，是创新求变、不断突破"舒适区"的过程。

福联公司以开发创新自主技术、实现芯片国产化发展战略目标为己任，专注于砷化镓（GaAs）、氮化镓（GaN）相关化合

华佳彩彩膜车间

物半导体外延片及芯片工艺的研发与产业化，可为客户提供高性能射频、微波、毫米波芯片的制程技术服务，产品可广泛应用于4G/5G手机、Wi-Fi、民用卫星通信以及国防军工等领域。福联公司目前正在进行项目一期建设，建设一条月产3000片的6英寸砷化镓集成电路生产线，该生产线2016年9月开工，2018年1月流片生产，2019年9月小批量产。省电子集团等股东也进一步加强了对福联公司的支持，增资3亿元支持福联公司稳步扩产，2021年10月开始装机，2022年2月投产。

福联集成作为福建省电子信息制造业"增芯强屏"战略部署的重要环节，先后被纳入"中国科学院STS区域重点项目""福建省重点建设项目"等国家、省部级专项项目，并获批建设福建省射频与功率芯片制造工程研究中心。

在新一轮科技革命和产业变革中，电子信息产业既是转型者，又是推动、支撑其他产业数字化转型的赋能者，其重要性进一步凸显。莆田市涵江区瞄准前沿，依靠创新赋能，引育龙头骨干和培植专精特新"两结合"，推动电子信息产业布局"新赛道"抢占"新高地"，为全省电子信息产业"增芯强屏"战略做贡献。

2020年下半年以来，在莆田市和集团的大力支持下，福联公司进一步加强经营管理和技术、业务整合，继续集中企业资源重点服务3-5个核心客户，解决技术和业务瓶颈，取得了一定成果，得到了核心客户的认可，业务量稳步上升，预计下半年将放

福联生产车间（郑育红 摄）

量生产。其中，10050客户的HBT多个产品（广泛应用于5G手机PA、WIFI及基站）已持续按计划完成工艺开发和技术验证，个别产品已完成可靠性验证，预计下半年进入量产，预估该客户今年订单金额将超过2000万元；10020客户的3G手机PA已在厂内小规模量产，全年订单金额预计超过400万元；10085客户与厂内共同开发5G手机PA工艺，正在做进一步洽谈，预计将在2025年配合客户市场上量计划放量生产；10069客户的IPD产品已完成技术验证……

　　从一个小小的电池向上延链，向下补链，全面强链，发展新型显示、电子芯片、终端结构件……在兴化湾南岸的热土之上，一个个重点工业项目建设蹄疾步稳，一家家新落户投产企业生产红红火火，一批批高精尖前沿技术拔节生长……短短几年，涵江滨海新城冉冉升起，工业产业集聚增势，赋能高质量发展。涵江"芯屏"，必然走出国门，走向世界。

车轮滚滚遍地春

——云度新能源汽车的迭代转身

□ 林双喜

惊蛰时节，我有幸到云度新能源汽车有限公司采访，这是一家位于莆田涵江区江口镇的纯电动乘用车生产企业，于2015年底成立。一走进云度公司，只见这里"聚势谋远、满弓劲发、一派强服务、确保达产达效"的喜人景象。

世界追求更快的发展，人们需要更好的生活。云度汽车对莆田产业发展具有重要意义，既是新能源汽车梦，也是莆田的腾飞梦。涵江区发挥引导作用，落实属地责任，组建专班推进，有效匹配人才、政策、供应链体系等要素，努力打造千亿产业。云度汽车以蝶变向新、蓄势待发的姿态扬帆起新程，立足行业发展实际，依靠专业研发团队，不断提升整车正向研发能力和产品核心竞争力。

2023年2月28日，在加入"吉祥大出行"战略之后，云度汽车正式宣布品牌焕新，同时发布了旗下全新纯电SUV"云兔"。相较以往多款车型，"云兔"车身配色缤纷，五大国风车色，三大主题色座驾舱，将时尚潮流和传统国风结合，为消费者提供更多样的全新选择和更品质的消费体验。云度公司领导告诉记者，2023年公司对原有生产线进行改造升级，在焊装车间大量采用进口机器人，进一步提高自动化程度，实现焊点精准连接，确保新车车身的强度和精度，提升安全系数和整车品质。在"云兔"四门两盖的装配中升级改造使用专业化的高精度装具，使整车的间隙和面差精细化，为用户打造贴合性更佳的移动空间。在涂装车间产线对涂装机器人进行了仿形优化，通过对仿形轨迹及油漆喷涂参数的整体提升，确保车身表面的油漆质量，大幅提升油漆光泽。目前，"云兔"新车预售订单量两千多，总体可排到2023年第二季度，当前公司正通过线上线下渠道紧锣密鼓地招募产业工人，为生产补充强劲动力。

高端装备引时新

"绶溪泛艇邀晚霞，荔香落影饵鱼虾。九华叠翠烟云趣，不辞长做兴化人。"2015年12月，素有"海滨邹鲁，文献名邦"的莆田绶溪之畔，有一个梦想——云度造车纪在此启航。当年一群来自五湖四海的人，带着科技、智慧和技术经验，来到莆田这座山清水秀的城市，创造以云度新能源汽车为起点的成就，为这座城市的新时代画卷，添墨增彩。

经过团队一年多的努力，2017年，云度新能源汽车有限公司取得国家发改委和工信部的准入通过"双资质"，这在非传统汽车生产企业中是全国首家。自此，云度汽车实现了莆田造车

"零"的突破。在2017年10月、2018年3月，云度陆续向市场推出两款新能源汽车产品，产品一经上市就受到消费者的喜欢，业内称这两款产品为"双子星"，寓意着云度就是新能源汽车赛道上冉冉升起的新星。公司也得到国家和省市政府的高度重视，先后被列为国务院支持福建省进一步加快经济社会发展的重大建设项目、福建省"十三五"重点前期项目等。

我走进云度新能源汽车的四大工艺车间，在冲压车间，看到一块块银色车壳通过传送带，从一个"冲压小屋"中快速诞生。这个神奇"小屋"安装了先进的机器人设备，利用人工智能技术进行生产，像极了自动化"产房"，精准且高效地将冰冷的钢板转化为赋予新气象的汽车配件。在自动化程度最高的焊装车间，近百台机器人同时工作，生产场面很是壮观，焊装线的工艺

云度汽车（范将　摄）

紧密，通过专业的焊接生产，将完整的白车身，向涂装车间输送……车间管理人员说，一台工序精密结构复杂的汽车，从零件到整车下线仅仅需要不到4分钟。

"党的二十大报告指出，坚持把发展经济的着力点放在实体经济上，推进新型工业化。这句话极大地鼓舞了我们，也坚定了我们干好实业的信心。"学习党的二十大报告，云度汽车党总支书记、副总经理陈铭深有体会，"当前，我们结合莆田市高端装备制造产业的战略布局，按照绿色智能车型的投放节奏，正在引入配套产业链企业。"

迭代转身追梦人

梦想的实现需要有一群志同道合的人。云度公司致力于打造纯电动汽车的使命及混合所有制经营的体制，也吸引着一群志同道合的优秀团队。公司目前在职员工800多人，在云度汽车的文化墙上，我看到"谋全局、立信念、善协同、勇当先"的管理要求。据综管部李总监介绍，公司要求全体人员要秉承"精兵"文化，重视团队质量，牢记"真诚关爱，求真务实，专注目标，高效执行"的企业价值观。云度公司领导表示，云度汽车绝不是靠一个概念去忽悠钱，而是具备了持续投入、持续经营的能力。2023年是云度真正意义上的亮剑之年，也是决战之年，公司团队快速补全、深化、进而形成完善的产品技术、生产制造、质量、供应链和营销体系，围绕纯电动SUV"云兔"上市的关键战役，以优秀的产品和真诚的服务，获得市场和用户的认可，成为中国汽车工业的认真、负责、长久、靠谱的造车力量。

车轮滚滚遍地春

从未来而来，为改变而生。云度公司专注于正向纯电动SUV产品的开发，持续以电动化技术建设为核心，大力发展整车集成技术、轻量化技术、智能互联技术、构建以"云电、云盘、云享"三大平台为核心的电动汽车技术架构体系，以汽车工程师的工匠精神+互联网思维的创新理念，打造智能互联电动车实业及互联网产业生态圈。

聚一群有趣的人，让热爱更热烈。云度不仅着力打造丰富而有魅力的汽车出行生态服务，也将充分把握国内新能源汽车自主品牌崛起的背景，迅速拓展经销网络，提升加盟经销商数量和质量，结合乡村振兴计划，广泛下沉二级网络，将网点覆盖到县、乡级市场，提高消费者对品牌触达的便捷性。

"云度公司不忘初心，创造愉悦的吉祥出行；坚定信念，致力智能电动领先者。"综管部曾干事说，"短短几年，公司形成了一个拥有300多人的研发团队。国家产权局已受理云度新能源汽车有限公司申请专利775项，其中已授权558项，包括119项发明专利、357项实用新型专利和82项外观专利。"

云度公司作为第二届、第三届"世界妈祖文化论坛"、第五届"世界佛教论坛"的绿色护航指定专车，云度"绿色、智能、互联、环保"的出行服务理念备受瞩目，成为每届论坛中的一大亮点，亦是"美丽莆田绿色莆田"的最美使者。云度在福建三明等地开展的"微公交"模式，不仅大力响应"电动福建"战略，倡导绿色出行，同时也助力"清新福建"旅游品牌打造。据悉，今年云度还将继续助力莆田新能源汽车产业的高质量发展，除了4月启动的"全闽乐购惠聚莆阳"云兔汽车礼遇莆田的推广活动，还将在莆田市内掀起新一波的新能源汽车推广热潮。

我浮想联翩，心中涌起《题云度新能源汽车有限公司》的七绝："高端装备引时新，迭代转身追梦人。岁月如歌堪普惠，车轮滚滚遍地春。"

我为涵江拥有云度这个新能源新兴产业而骄傲，我为生活在涵江这块曾作为全省首批改革开放综合试验区的新城而骄傲。

飞　翔

□ 林春荣

一

三月的莆田那缕缕丝丝的春风，无声地穿过辽阔的莆阳大地，在千年古镇涵江盈满春水的内心里，细微地唤出一座新城的崛起。古老的北洋平原上，高耸云天的雁阵塔，集合着千年海洋的呼唤，壮丽地打开了涵江欣欣向荣的版图，生机蓬勃地成长、壮大、繁荣，直至蝶变成为兴化湾南岸一只飞击长空的"雄鹰"。

2002年，是一个特殊的年份，是涵江区大规模扩大行政区域的年份，也是涵江区生命的第二次飞跃。2002年6月，经福建省人民政府批准，莆田高新技术产业开发区成立，规划面积11.05平方千米。这是一份献给涵江区的隆重礼物。

从古老的江口镇，横跨过新生的三江口镇、国欢镇和赤港华侨经济开发区，在千年的盐碱地上布下了工业坚硬的种子，在高与新这美好的形容词修辞下，科技便在这块生产地瓜和盐巴的土地上落地生根，这意味着涵江这座集历史文化与莆商诞生地于一身的千年古镇，开始寻找一种崭新的方式，代表着莆田市冲刺在一条突飞猛进的科技之路上。

20世纪80年，中国著名的侨乡——江口镇就开始踏上科技强镇之路。以1984年成立的莆田新威电子厂为代表的电子零部件、电子计算器、高低频石英振荡器、JTN、FSTN液晶显示器、电子钟表、传真机、微型电脑笔记本、数码相机等产品生产企业，遍布全境，这些企业集科研生产为一体，不断研发新产品，以适应世界电子市场对电子产品的需求。江口电子厂所生产的电子产品一度占据着世界电子市场百分之七十的份额。1993年5月福建省新威电子工业有限公司成立，发展成为世界电子产品的主要供应商之一，福建省电子行业龙头企业，被国家科技部认定为"国家火炬计划重点高新技术企业"；1999年公司成功在中国香港、新加坡两地一并上市，成为莆田电子企业的领头羊。

新威电子是莆田电子产业的一个缩影，也是莆田高科技产业的一座里程碑，方兴未艾的电子产业链一直引领着莆田高科技产业的发展。作为曾经全球最大的电子计算器生产基地，国内最大的中小型液晶显示器生产基地，科技主导着电子产业日新月异的更新换代，科技穿透了行业的屏障，主导着莆田其他产业在时代的发展轨道上狂飙突进，引人注目地崛起了几个产业群。莆田不仅有"中国电子城"之称誉，电子产品风靡全球，而且还有"中国鞋城""中国啤酒城"的荣誉。在诸多产业上的著名品牌，一直是中国消费者心中的首选。

二

2012年，是莆田高新技术产业开发区具有划时代意义的一年，由省级高新技术产业开发区升级为国家高新技术产业开发区，成为继福州、厦门、泉州之后的全省第四个国家高新区。

2014年，莆田高新区已形成以电子信息、机械制造为主导的产业集群，入驻企业339家。其中，规模以上企业118家，年产值超亿元企业72家。高新技术产业园发展成为高新技术企业"走出去"参与国际竞争的技术服务平台，也是促进高新企业技术进步和增强自主创新能力的重要载体。

为了拓展产业园区的发展空间、加快高新技术产业的集聚，涵江区在兴化湾南岸填海造地面积16.32平方千米，涵江港陆域形成工程初具规模，3个万吨级码头泊位将建成使用，已投产钜能电力、普洛斯物流等项目，国家级新能源产业示范核心区、5G创新型产业示范园区加快建设。涵江区滨海新城战规、产规通过市规发委会议研究，"一开放一航道三码头三桥三通道"交通格局全面打开。这个项目是福建省有史以来最大的陆域形成项目，将极大地拓展莆田市重大产业布局空间，为高新技术产业的发展注入了关键的力量。

2015年，中国著名啤酒品牌——雪津啤酒厂整体搬迁扩建，投资28亿元建设百威英博食品园。打造成全球单体最大的啤酒生产基地、亚太区最大精酿啤酒工厂，以英博雪津为龙头的整条产业链，也在高新区形成。中粮集团创办的两片罐，万昌印刷创建的啤酒标签专业印刷，已形成百威英博食品产业链的发展新格局。

福建长城华兴玻璃有限公司投资建设的4条生产线，年产60万吨绿色智能轻量化玻璃瓶，年产量21亿个，稳定创造就业岗位约1200个，项目全面建成后有望成为亚洲单个最大规模的日用玻璃瓶罐生产基地。

作为当代高新技术的领军产业，新能源汽车是国际领域高科技角逐的竞技场。新能源汽车需要具备综合车辆的动力控制和驱动方面的先进技术，形成的先进技术原理，具有新技术、新结构的汽车。2015年12月，云度新能源汽车落户高新技术产业开发区，开启了福建新能源产业的序幕。正如消费者用一句生动形象的感悟来表现云度新能源汽车的独特魅力，"熏黑凌厉鬼眼潮酷有型，远近光一体式LED大灯与三段LED转向灯唤醒活力，一眼入魂。"极酷的车型外观、新潮的车载技术，云度能源汽车在汽车消费市场异常突起、市场占有份额不断扩大，为高新技术产业开发区亮出了一个高新技术的崭新品牌。

几乎和云度能源汽车同时落户高新区的，还有华佳彩高新面板。高新区具有电子产业深厚的企业文化底蕴，还有熟练的产业工人，各种生产要素比较完整的产业链。福建华佳彩有限公司一入驻高新区，就成为莆田市引人注目的高新技术企业，公司集设计、研发、生产、销售于一体，主要生产具备国际先进技术的高阶智能手机显示屏、平板显示屏、车载显示屏等中小尺寸高阶面板产品。2018年6月，公司实现每月3万片金属氧化物面板的设计产能。

电子信息产业风起云涌、突飞猛进，高新区也紧紧地抓住这个产业的引擎，全力打造新一代电子信息产业。2019年，莆田合力泰产业园在高新区破土动工。合力泰将发挥显示器件及其周边衍生产品领域的优势，进行高端TFT显示模组、COF全面屏显示模组、柔性OLED显示模组建产，具备年产显示模组12000万片的生产能力。合力泰模组的实施，打通电子信息上下游产业链条完善新型显示产业布局，带动上游华佳彩面板和下游中诺通讯终端产品制造等产业加快发展。

以美国为首的西方高端芯片企业，近年来对中国采取了违反国际规则的"断链脱钩"。反对"断链脱钩"，拒绝卡脖子，以福联公司牵头组建的砷化镓芯片6英寸晶圆工厂，抓住5G时代、物联网时代对射频芯片需求增加的机遇，对接引进国内先进的功率芯片设计团队，创立福建省福联集成电路有限公司，落户在高新区。福联公司聚焦砷化镓HBT等高性能射频、微波、毫米波产品的自主研发和产业化，填补国内砷化镓射频芯片产业的制造能力的空白。

高新区里一家家高新技术企业的落户，产生了极大效果的洼地效应，许多著名企业慕名而来，加入这块闽中高新技术高速发展的高地。

三

二十年的乘风破浪，二十年的砥砺前行。莆田高新技术开发区实行"一区多园"模式：一个核心区，四个分园（滨海园、食品园、城北园、新涵园），规划面积45.59平方千米。蓄势待发的产业园就像一只展翅飞翔的雄鹰，在兴化湾上空飞翔，在海峡两

田高新区科技孵化器（李翔　摄）

岸上飞翔。

在总结十几年探索高新技术产业化经验的基础上，高新区着力打造科技企业孵化器，是促进成果转化的一个创新创业服务平台，是培育产业发展新动能的一个重要载体。

莆田高新区科技企业孵化器是政府主导型的公益性质孵化器，是莆田市集聚产业高端人才，促进技术成果转化、培育新技术企业、培育产业创新主体的重要载体。

走进高新区的创客梦工场，你会真切地感受梦工场如梦如幻的科技成果。达斯琪全息3D项目，具有顶尖的裸眼3D解决方案，在大厅里显示的裸眼3D屏幕，全息3D智能炫屏直击视觉，产生立体的效果，旋转LED显像技术，足以让人感受与众不同的现场感。

创客梦工场提供四个免费赋能，即创业孵化、创业教育、协同创新平台、天使投资，累计引进孵化项目92个，毕业项目46个，其中国家特聘专家创业项目1个、第五批全国农村创业创新优秀带头人创业项目1个、退役军人创业项目6个、大学生创业项目5个、台湾青年创业项目3个；共培育国家高新技术企业17家、国家科技型中小企业43家，获得省级科技立项项目1个，省级科技立项通过验收项目1个，创业企业获得知识产权授权216项。

幅员辽阔的高新区，已经形成了新一代电子信息、装备制造、食品加工三大主导产业，逐步培育新能源等战略性新型产业，共有规模以上工业企业197家、高新技术企业105家，2022年实现规模以上工业产值超千亿，实现税收23.32亿元。这些高新区光彩夺目的数字背后，还有一些令人惊叹的企业文化正悄然兴起。

工业旅游，是当代新兴的新文化旅游，是伴随着人们对旅游资源理解的拓展而产生的一种旅游新概念和产品新形式。百威中国啤酒博物馆是中国首个世界级工厂观光旅游区、全省第一个工业旅游景区。本土精酿品牌"059海岸线精酿公社"已正式发布，是福建首家精酿工厂，将成为百威集团结合福建文化特色打造本土的精酿品牌基地。

行驶在笔直而又宽敞的大道上，迎着吹来了阵阵麦芽香的空气，弥漫整个高新区蔚然色的天空。气势恢宏的英博百威厂房，以令人惊叹的连接与停顿，连绵起对啤酒小镇、对一座工厂的敬畏。不远处，浩渺的兴化湾已泛动阵阵的涛声，隐喻为一个时代有脚步声，正引领着一座风华正茂的城市永不止息的追赶的思维，去迎接一个变革的大时代。

四君子：与千年文化对话

□ 黄文山

　　莆田涵江有家古典家具公司叫"四君子"。在四君子家具公司的偌大展厅里，陈列着一组组新时代古典家具，无不形制典雅、雕饰华美、端庄沉稳而又线条灵动。

　　每一组新时代古典家具都有一个鲜明的特色，每一组新时代古典家具都有一个醒目的主题，每一组新时代古典家具都有一个雅致的名字。

　　简约如"淡泊"。一案一椅，不假雕饰，切合明式家具稳重大方、舒展简练的风格。其书案选用名贵木材，材质纹理沉静素雅，造型隽秀修长，触感温润如玉。与之匹配的是四出头座椅，靠背曲线柔美，与书案对称、和谐。"淡泊"的灵感出自诸葛亮的《诫子训》："夫君子之行，静以修身，俭以养德。非淡泊无以明志，非宁静无以致远。"

　　庄重如"大道"。"大道之行也，天下为公。"这是《礼记》中的一句话。十三件组套的沙发体量宽大，纹饰繁复，具有典型的清式家具特色，彰显五福捧寿的主题。五福是中华传统文化，五福一曰寿、二曰富、三曰攸好德、四曰康宁、五曰考终命，表达了人们对美好生活的向往和追求。

秀雅如"精舍"。一套明式简洁风格的书房，平整光洁的长条书案，四出头靠背椅后陈设一架素面书柜，两旁各立着一个花架，亭亭玉立。其设计要义在精，不贪多堆砌，也不曲意雕琢，只作恰如其分的局部装饰，充分体现素朴的自然本色，同时散发浓浓的书香。流溢出文人追求"清水出芙蓉，天然去雕饰"的淡雅情趣，以数尺空间展现中国书房文化的光彩和魅力。

丰赡如"万荷"。在理学家周敦颐眼里，"莲"是"花中君子"："出淤泥而不染，濯清涟而不妖"。而民间世俗，莲是吉祥富贵的象征。荷花罗汉床精选老挝大红酸枝制作，运用三重透雕技法，从正反两面雕刻莲荷花纹。但见荷枝摇曳，莲叶田田，生机勃勃，呈现出荷塘月色的艺术效果。其工艺繁缛、雕饰富丽，让人目不暇接。

尊贵如"祥瑞"。其艺术灵感源于盛唐家具精品。座椅造型舒展凝重，线条流畅生动。搭脑及扶手两端雕饰祥云，寓意祥瑞。靠背以国画丝翎檀雕手法镌刻新几内亚极乐鸟图样。极乐鸟是巴布亚新几内亚的国鸟，又名"红羽天堂鸟"，全身羽毛五彩斑斓，其硕大的尾翼翻卷如云，美丽祥和。

还有"天地""同梦""大美""含韵"等等，各有千秋，不一一尽述。家具皆默然无语，整个大厅安静得听得到人的呼吸。但你分明感觉得到它们在说话，是君子椅在说话，是八仙桌在说话，是罗汉床在说话，是云龙画柜在说话，是回纹古琴案在说话，是榫卯在说话，是雕饰在说话……

与它们相视，便是在与千年文化对话。

正沉思间，一位中等身材、举止儒雅的中年人出现在我的面前，他就是这一组组家具的创作者，国家工艺大师、"四君子"家具公司的掌门人陈玉树。

陈玉树很健谈。他谈自己从艺的缘起，谈小时父母亲对他的教诲，谈三位兄长对他人生的影响，谈古典家具的灵魂——千年榫卯工艺，还谈到文学的魅力和启示……他对中国传统文化的热爱和对古典家具技艺守正创新的追求，都让我受到深深感染。

陈玉树先生1973年出生在福建莆田鲸山村的一个木工世家。早在明代，陈氏族人中就有了治木大师。鲸山村的木作工艺闻名遐迩。1866年，左宗棠创办马尾船政局，鲸山村宗亲陈岱萃等人应召参加了船舶制作和管理船政事务衙门的建造。同年，族人陈智远在家乡创办了制作家具兼维修船只的木工作坊。从小就在家乡木工作坊里玩耍的陈玉树，耳濡目染，对弹木划线、刨推锤凿的木作工艺十分痴迷。在陈玉树眼里，木头都是有生命的，木头的语言，隐秘而独特，他能从它们的形状、色泽、纹理乃至轻轻摩挲的手感中读出来。有时，观察久了，他甚至闻得出从木头深处透出的些微气息。他觉得这不是一般的劳作，而是一种艺术创造：在大匠悦耳的锤凿声音里，在木丝优雅的舞蹈动作中，一段段沉睡的生命忽然就被激活了。

正是这份自小结下的木作情缘，伴随着他一路成长。早年他谋生南洋，足迹遍及马来西亚、新加坡、越南、澳大利亚及南太平洋诸岛。这期间，他目睹海外侨胞对中式古典家具的挚爱，从中表达出缱绻的故土之思。由是，他于21世纪初创办"满堂红"古典家具公司，又于2007年在国内注册了"四君子"古典家具公司。"四君子"之谓，梅兰竹菊，其清雅淡泊的品质，千百年来，一直受到人们的喜爱，自是一种中华文化的象征。"四君子"公司精选黄花梨、紫檀、大红酸枝等名木，制造出一批又一批高档仿古家具，声名鹊起。2015年，陈玉树参与了福州管理船政衙门的修复工作。参加这一修复工程，也让他对中国古典家具的守正和创新、发展有了更多思考。

一直以来，国内的古典家具都是以地域来区分流派的，如京作、广作、苏作、闽作等等。但陈玉树认为，这样来区分，便会受到空间限制。因为每一个流派都有自己的鲜明特点和优势，但也因此存在局限。他的目标就是要以更广阔的国际视野来打破这个地域限制。而要用时间来定义。陈玉树说："每一个时代的古典家具，都有自己的时代背景和文化烙印，如唐之华丽、宋之素雅、元之浑厚、明之简洁、清之繁复……而我们身处新时代，要有这个时代自己的题材和特色，既要创文化的新，又要守工艺的正。要在这门古老的木作技艺里去努力寻找当代语境。"这就是他要制作的新时代家具，"不是某个地区的，而是这个时代的。是能够向全球展示和分享的中国传统文化和智慧。"

他力图通过古典家具富丽的形态和纹饰来表现这一代人的所思、所悟以及追求。于是，有了"大道""大雅""吉祥""松风""大美""停云"……这是他的作品，也是他独到的匠心和语言，自然、本色，生意盎然而内蕴深沉。

他说，艺术的妙谛就在于材与不材之间。木材本身是有生命的。至今，他和木头已经打了三十多年的交道。他明白，这些从密林深处斫伐远道而来的树木，是大自然的生命之花，也是大自然未完成的艺术。它们在苦苦地等待着，等待着被发现，更等待着新生。而他来了。他怀着一颗敬畏之心，来接收大自然的馈赠，也聆听大自然的启迪。那如同天籁般的启示原本就在树身里藏着，他静静地端详着它们，努力想读懂其中的奥秘。而艺术的灵感往往只来源于一瞬间，像擦亮一根火柴，火花极其绚丽然而短暂。把握住这一瞬间，便能绽放出艺术的生命之花。

榫卯结构是中国古典家具的形制基础，是它的技艺精髓，也是灵魂所在。它们阴阳交错、凹凸有致、刚柔相济、亲密无间，体现了中华传统文化中相生相克、以制为衡、顺应自然、和谐共处的哲学思想。意境悠远。

纹饰是古典家具的一道道风景，也是人们审美情趣的反映。靠背表现什么，扶手表现什么，脚枨表现什么，皆有深意。如果把家具比作一位位女子，那么纹饰就是她朝你嫣然一笑的面孔，或清丽可人，或粗鄙憎人，妍媸毕现。而纹饰工艺的优劣直接影响到家具被人们喜爱的程度。

"天地有大美而不语，四时有明法而不议，万物有成理而不说。"浸润于这一份中华古文化的瑰丽和深邃中，他深深地为之倾倒，为之痴迷，心中已然酿就万千风情，这些都在他的作品中得到充分体现。

坚持和坚守，是一种精神，同时也是一种品质。

陈玉树说到这里，随口引用了《礼记·大学》里的一句："伐冰之家不畜牛羊"，表达了他对古典家具营造技艺最高境界的孜孜追求，不以营利为目的，不以谋生为手段。他要做的是袭古制精髓，集南北大成，一心要创制当代仿古家具的典范之作。

于是他带着他精心打造的中国当代古典家具，走进九百年的钓鱼台，走进三百年的圆明园，走进博鳌亚洲论坛，走进国家博物馆，走进人民大会堂，还走进万里之遥的波斯湾畔的阿联酋和浩渺大洋中的巴布亚新几内亚……

临别时，陈玉树赠我他本人的著作《君子·大器》。以器载道，正是他不倦的艺术跋涉，凝结着陈玉树对传统文化的思悟和践行。"全世界的座上宾"是四君子家具的响亮口号，也是他们正在一步步实现的目标。

陈玉树作品（李杉 摄）

搏击浪尖，一轮红日喷薄而出

□ 黄 云

千年古镇涵江，紧靠兴化湾，三江汇集，商贸发达，自古以来，被称为"小上海"。涵江集奎村南北各有一座建于宋代建炎年间（1127年）的石桥，坚固实用，跨海而建，雄伟壮观。清吴德昭的《新桥夜泊》赞之："水满江千月色邀，画船夜静泊新桥，舟横苇岸明渔火，客语篷窗候晚潮。野渡无人才系缆，隔江有众共讴歌。须臾报道春潮暖，处处村烟锁柳条。""新桥"之下的海岑前港在宋代时，是涵江最繁忙的码头，码头边商号、货栈、船务行比比皆是。

严国圣就出生在这商贸氛围浓厚的"新桥"边的集奎村。回首来时路，甘苦自知，历经"劳其筋骨、饿其体肤"，而后"动心忍性、增益其所不能"。少年时期严国圣吃过的苦，常人难以想象。严家50平方米的祖屋，几个叔伯一分，国圣的爹分了11平方米，父母亲、国圣、加上两个妹妹一家5口人窝在这间11平方米的屋里，拥挤程度可想而知。国圣作为三兄妹中的男孩，不帮着父母养家糊口，就说不过去。儿童时期村里村外捡猪粪，少年时代成了编织塑料"皮"带、制作鞋垫的"行家里手"。13岁时，暑假农忙刚忙完，面对生活困境，颇受涵江当地商业环境影响的严国圣与同村伙伴一起，筹措100多元，在白塘镇集奎村和三江口镇新浦村采购鞋刷、铝勺等日用品，同时捎带上家里加工的塑料丝皮带，背着大包小包，乘坐班车到厦门同安售卖。他们早上5点多在汽车站叫卖，6点多去农贸市场叫卖，白天和晚上则在繁华路段摆摊，一趟下来，大概跑了十来天。为了生存，他每天都必须这样残酷地向体能极限挑战。

初三上学期，由于学校临时停课，年仅14岁的严国圣瞒着家里私下筹措100多元，又采购了一些日用品。先期托运到厦门同安。出发前一天，他请生产队长告知父亲，自己将再去同安卖货。第二天一早，他就独自一人乘坐公共汽车去同安。这一次，他不再局限于原来几个固定销售场所，而是把售卖范围扩大到同安的各乡镇圩场。10月中旬，货还没卖完，父亲的电话打到旅馆，告知学校已重新开学，要求严国圣回家念书。无奈之中，严国圣把手头的货品转让同乡伙伴，踏上回乡之路。面对困难的家境，初见世面的严国圣此时其实已无心念书了。是年寒假，严国圣辍学，逐渐打开视野的他开始真正踏上自己的创业谋生之路。1980年初至上半年，严国圣继续售卖塑料丝皮带、鞋刷、铝勺等日用品，此时，他的足迹已遍布漳州、龙岩、宁德、泉州、厦门等地市的各个县城及一些乡村。严国圣跑遍福建省内六七成的县城。他一般每次外出要一个月左右，虽然辛苦，但每次均可赚十几二十元。这是严国圣早期奔忙的最大动力。

16岁那年，严国圣与同村伙伴摊开中国地图，随意指点，之后前往山东德州售卖塑料丝皮带。售卖效果不理想，商量之后，他们决定兵分两路，同伴留在德州推销，严国圣前往河北沧州找市场。严国圣看到沧州街上在卖月饼，才知已是中秋，他买了一个月饼，用包装纸写了一封信，一并寄给家乡的父母亲。沧州的生意也不好做，为了省钱，晚上他就在沧州火车站过夜。沧州的市场销路最终没有打开，严国圣只好重回德州，与同伴一起再赴泰安，但泰安仍没有给他们好运气。第一次省外"生意"以失败告终，严国圣算是吃了苦头，饱一顿饥一顿，经常日晒雨淋、露宿车站。心有不甘的严国圣与同伴商量之后，决定前往河南郑州、河北石家庄、山西长治和太原等地售卖塑料丝皮带，短短十几天，所带货品销售一空。

下半年，严国圣独自一人前往北京、上海、杭州、南京、武汉等地售卖塑料丝皮带，并沿着山西火车路线，在山西各地售卖塑料丝皮带。有时，他还和同学合作，将售卖塑料丝皮带的本利全部用于购买当地的瓷器古董，带回涵江售卖，所得利润按比例分成，一次可多赚100元左右。

年仅18岁的少年严国圣独自一人带着大量的塑料丝皮带，踏上前往新疆乌鲁木齐的征程。为了省钱，他托运了一部分货品，随身自带一部分，一路走走停停，从福州火车站出发，途经南昌、郑州、西安、兰州、嘉峪关、哈密等地，白天就地卖货，考察途经之地的市场，晚上坐火车继续前行。每到一处，严国圣都会找到当地的供销社、百货商场，推销业务，并把售卖所得以村办集体合作社的名义，公对公汇款将钱汇回涵江。为尽量省钱，严国圣一路坐的都是硬座，饿了就吃一盒5毛的盒饭，困了就钻到座椅下面睡觉。历经七天七夜，严国圣终于到达乌鲁木齐。当天，在火车站农贸市场，他才卖出10条塑料丝皮带。第二天，他找到当地的市百货商场推销，卖出100多元的货，并将钱汇回村大队合作社。面对手中大量的余货，严国圣压力很大。幸好，经同旅社舍友介绍，严国圣前往伊利农四师兵团驻乌市采购员的集中旅馆，一间一间去敲门推销，恰巧碰到大客户，一下子将手中的四五千条皮带卖光，所得900多元。他将其中700元"巨款"汇给在莆田造船厂上班的父亲。这一趟来回半个月，除去开销，严国圣净赚近100元。

严国圣经常去江浙一带定制化妆品包装袋，了解到一些塑料印制公司专做包装袋业务，一年居然可以营业上亿元，特别引起他注意的是，其中的大部分生产的是食品类（榨菜）包装袋，由此，他得知全国的榨菜市场原来非常广阔。严国圣心中想改变命运的小兔子这时蠢蠢欲动，他领风气之先，注册成立民营企业——莆田市红太阳精品有限公司。严国圣带上家乡民间腌制的多种芥菜腌品，前往福州食品研究所，研究开发酱菜产品，但结果并不理想。此后，他通过公共电话簿，找到福建农林大学（原福建农学院）食品研究所，联系到时任该所副所长的郑宝东老师。郑宝东即组织该所付虹声、吕峰、陈丽娇、郑梅贞4位教授组成研发团队，重新研发酱菜产品。经二十多天的努力，终于研制出比较理想的芥菜、洋白菜腌制、加工配方。

在多个商标注册不成功后，严国圣花了300元，采用自己的名字作为商标，聘请省工商局商标科设计，最终"国圣"商标注册成功，与米饭、酒、方便面、肉图案一道，被印制在产品包装袋上，意指酱菜可以有丰富多彩的搭配方式。此款包装袋设计一直沿用至今。

机遇使然、命运亦然。由于他全身心地投入和出手不凡的才干无不为他迈向成功的道路打下良好的基础。轰隆隆的机器轰鸣声此时正如严国圣既欢喜又忐忑的创业心情。总投资60万元的工厂通过验收，在区政府优惠政策的支持下正式投产。是时，工厂全部人员有十多人，只生产单一品种——腌制芥菜。由于原料来自莆田芥菜腌制专业村——新度镇后廖村，加上福建农林大学独特的配方，产品进入涵江批发市场很快就销售一空。之后，公司分别在福州、泉州设立经销点，产品在市场上颇受欢迎。包菜腌制配方研发成功后，很快投入市场，也受到客户欢迎。之后几年，公司又陆续研发出了菜心、脆瓜等系列产品。

在福建农林大学教授的带领下，严国圣前往福州连江考察海带市场及海带原料基地。在那"谁赢得了这一机会，谁就拥有新发展"的感召下，已在酱菜领域崭露头角的严国圣经过深思熟虑，毅然选择了研发和试生产即食海带产品，此为全国首创。公司引进海带原料处理漂洗自动化流水线生产设备，海带原料处理生产效率、产量和品质得到不断提升。如今系列即食海带产品市场销售量跃居公司产品第一位，成了公司的主打产品。严国圣高高举起"发展才是硬道理"的旗帜，为更大规模、更加迅猛地打进国际市场，严国圣正在组织团队研发低盐、冷藏式的国圣食品系列，甚至不再重复传统的"腌制"，特别是蔬菜、海带一类原材料，尽可能"原生态"地走上百姓的餐桌。他以"人有我优，人优我特"的真功夫，让明天更加"环保"的国圣食品，为地球人喜闻乐见而大快朵颐。精心打造出酱菜的金字招牌；全力崛起一个崭新的酱菜王国，这就是严国圣的宏图大志！

如今，走遍世界的莆田人，也把"国圣食品"带往世界各地，但凡有华人的国度、特别是有莆田人的地方，大多喜爱家乡的各色酱菜，佐餐的首选就是"国圣酱菜"。于是，国圣酱菜走向海外各家华人超市，走上华人华侨的餐桌。有一回，严国圣考察欧洲市场，一踏上英伦大地，就"挨家退户"地走访华人超市。当他看到柜台里再亲切不过的"国圣酱菜"系列产品，如同看到了自己花圃里美丽的鲜花已绽放在异国。

古人云："穷则独善其身，达则兼济天下"。面对鲜花和掌

福建省红太阳精品有限公司（曾宪生　摄）

声，事业有成的严国圣并没有因此而陶醉于个人的小天地，他时刻没有忘记携手风雨、共同创业的企业员工，时常把心中的那份大爱转化为孝老敬老、传承文明的实际行动。他首开风气之先，为公司员工父母发放养老金的创举，从根本上解决员工各种实际需求，用爱吸引人才、留住人才。仙游县枫亭突发疫情时，公司共捐款、捐物130多万元支援莆田各地疫情防控。

成功，在奋斗中夺得；理想，在追求中升华。

严国圣的成功，则归功于他树立"改革、创新、发展"的思想、坚持用市场经济理论指导企业的发展、勇于改变、敢于创新，认真学习和借鉴国际国内知名企业先进的管理经验，结合自身实际加以创新和发展，形成了一套适合本企业的经营模式。

蓦然回首，智慧超群，气宇轩昂，具有崇高理想的一轮红日已奋力腾出了水面，并将以新的姿态，跨越新的标杆，创造新的业绩，走向新的盛典。

后　记

　　2023年3月，在福建省政协原副主席陈荣春带领下，由福建省炎黄文化研究会和福建省作家协会联合组织的采风团，应莆田市涵江区委、区政府之邀，来到涵江调研、采访、写作。

　　涵江悠久的历史、丰厚的人文和美丽的生态以及涵江区人民在新时代所取得的一系列骄人业绩，不但使作家们深受激励，也给创作提供了难得的机遇。他们表示：从丰富的自然景观中选取素材和独特的视角，讲述涵江故事、记录新时代涵江人民的精神风貌，是作家义不容辞的责任。本书，就是参加采风活动的作家献给涵江人民和广大读者的一份精神厚礼。

　　值本书出版之际，我们谨向涵江区委、区政府和涵江区委宣传部，向在这次采风中积极配合、热情引导的涵江区文旅部门，向为本书提供素材和接受采访的涵江区各有关单位和个人，向参与本书采访、写作的作家、记者、编辑以及出版社的同志们，一并致以衷心的感谢！

编者

2023年5月

图书在版编目(CIP)数据

走进"八闽旅游景区".涵江/福建省炎黄文化研究会,福建省作家协会,中共莆田市涵江区委宣传部编. —福州:海峡文艺出版社,2023.8
ISBN 978-7-5550-3352-3

Ⅰ.①走⋯ Ⅱ.①福⋯②福⋯③中⋯ Ⅲ.①散文集-中国-当代 Ⅳ.①I267

中国国家版本馆 CIP 数据核字(2023)第 131000 号

走进"八闽旅游景区"——涵江

福 建 省 炎 黄 文 化 研 究 会
福 建 省 作 家 协 会 编
中共莆田市涵江区委宣传部

出 版 人	林　滨	
责任编辑	何　莉	
出版发行	海峡文艺出版社	
经　　销	福建新华发行(集团)有限责任公司	
社　　址	福州市东水路 76 号 14 层	
发 行 部	0591－87536797	
印　　刷	福建东南彩色印刷有限公司	
厂　　址	福州市金山浦上工业区冠浦路 144 号	
开　　本	700 毫米×1000 毫米　1/16	
字　　数	220 千字	
印　　张	15.25	
版　　次	2023 年 8 月第 1 版	
印　　次	2023 年 8 月第 1 次印刷	
书　　号	ISBN 978-7-5550-3352-3	
定　　价	48.00 元	

如发现印装质量问题,请寄承印厂调换